The Tale of Bear Town IV

冰球！冰球！

石燕学 文
王立昕 绘

中国画报出版社·北京

图书在版编目（CIP）数据

熊镇的故事. 冰球！冰球！／石燕学 文，王立昕 绘. —— 北京：中国画报出版社，2021.11
ISBN 978-7-5146-2034-4

Ⅰ. ①熊 Ⅱ. ①石 ②王 Ⅲ. ①故事-作品集-中国-当代 Ⅳ. ①I247.81

中国版本图书馆CIP数据核字(2021)第186345号

熊镇的故事：冰球！冰球！

石燕学　文　　王立昕　绘

出 版 人：于九涛
责任编辑：郭翠青
装帧设计：詹方圆
营销编辑：孙小雨
责任印制：焦　洋

出版发行：中国画报出版社
开　　本：中国北京市海淀区车公庄西路33号　邮编：100048
发 行 部：010-88417438　010-68414683（传真）
总编室兼传真：010-88417359　版权部：010-88417359

开　　本：32开（880mm×1230mm）
印　　张：8.75
字　　数：190千字
版　　次：2021年12月第1版　2021年12月第1次印刷
印　　刷：北京汇瑞嘉合文化发展有限公司
书　　号：ISBN 978-7-5146-2034-4
定　　价：68.00元

版权所有，侵权必究；如有质量问题，影响阅读，请与印刷厂联系调换。

献给我们出生、成长并深爱的城市——北京，2022 冬奥会举办地

序言
熊镇，冰球来了

一口气儿读完发生在熊镇的冬奥冰球故事，心里装满的都是快乐和舒畅。

作为本书最早的几个读者之一，请石老师和王老师收下我的膜拜，收下一双曾经在冰球场冻僵的膝盖。

此时，我脑海里尽是大家传阅此书的场景。在国内星罗棋布的各家冰场里，打球的孩子和陪伴他们的家长捧着这本书，一边朗读，一边笑得前仰后合。

过去几年，因为工作的关系，我参与过好几本关于冰球运动书籍的编写工作，有的是海外畅销书的翻译，有的是业内写手们的原创。大家投入的心情是一样的，乘着2022北京冬奥会的热乎劲儿，推出或普及或传播冰球运动的图书。

可惜，因为种种原因，这些书没有一本能够进入最终的出版流程。

所幸，有石燕学、王立昕伉俪拿出了这部熊镇神兽们的冰场演义。这是他们辛苦付出的结晶，也是冰球圈里人共同期盼的佳作。

已经在三本系列书中亮相的八顿父子，这次在家乡小镇的严冬季节开启了全新的探险——冰球运动。他们与邻居们组建了自己的球队。在冰场上，大家从一无所能到斩获冠军，迷茫、伤病、比赛挫败的绝望，坚持、团结、打垮强敌的快乐，熊镇的各路神兽联手上演了一部完整的体育竞技励志片。

显然，图书绘本的形式特别适合描述冰球运动。威武的衣装，精彩的场上对抗，美丽的插图让冰球比赛的所有魅力瞬间定格在纸上。神奇的画笔，将牛猪虎豹这些动物的憨态与冰球运动的种种细节完美地结合起来，只有像王老师这种懂球、爱球的艺术家才能做到。

石老师是冰球运动的参与者。熊镇冰球故事中，比赛、训练脉络的发展，场上、场下点滴细节的交代，只有常年沉浸在冰场的老炮才能写得这样专业和传神。

熊镇冰球运动的兴起，与几只游历而来的北极熊相关，他们的头头是穿 8 号球衣的奥金。而搞装备、建球场，两个能言善道的南方马来貘阿优、捷森则扮演着关键角色。冰球圈里的读者，对这些人设都能会心一笑。

冰球运动拥有近 150 年的演变历史，在中国也有着百年以上的起伏发展。如今，距离北京冬奥会仅有半年时间，国内有 700 多个可以打球的冰场，有接近万名参与冰球运动的孩子和成人。

曾经采访很多冰球运动员的家长，包括即将代表中国队参加冬奥会比赛的球员父母。几乎每个大人都曾提到，在最初接触冰球的时候，孩子们会一大早主动穿好行装，不断催促家长快点出门去冰场。熊镇的冰球故事里，小熊弗雷迪和他的老爸八顿也有这样的桥段。大家确认的是，冰球运动有着令人着魔的魅力，参与其中，难以自拔。

在这本书中，石老师和王老师两位建筑师，用自己的才华又一次展示了属于冰球运动的神奇魅力。让我和读者们乐在其中，难以自拔。

何欢　二〇二一年七月

熊镇是什么样的?

位置: 熊镇坐落在三面环山的大森林中,四季分明,一条叫熊跑溪的小河从镇中心蜿蜒流过,地势平坦处能形成开阔的河面。这个地方最初由几只熊定居并初步建立起来,随着森林里的动物不断聚集,逐渐形成了小镇的规模。

主角: 一对父子熊。

小熊: 一只少年小棕熊,大名弗雷迪(Freddie),小名"毛毛熊""二毛";小熊在熊镇寄宿学校上学,虽然读书不用功,但总能凭着小聪明在考试中过关。

老熊: 一只壮年大棕熊,因为毛色较深,大家都叫他"老黑熊"。后来他又有了个洋名,叫巴顿(Patton),但大家都叫他"八顿(Badun)",至于为什么,请在《熊镇的故事》第一册中寻找答案。

两只熊看起来笨笨的,但他们能爬树、擅游泳、上山采浆果、下河抓鲑鱼,样样精通。他们平时爱占小便宜,胆子也不大,好面子、爱吹牛,总幻想少劳动多获得,可关键时刻正义感总能占上风,这不正是普通大众善良而又勇敢、憨厚而又聪明的写照吗?

居民: 河马、野猪、老虎、狼、柴鸡、松鼠、鹦鹉、鳄鱼、野牛、猞猁等各种动物家族,他们有的善良,有的狡诈,共同构成了熊镇的动物生态。

熊镇长: 能干但有私心的大棕熊。

树洞位置：父子熊的树洞位于熊镇边缘的森林里，邻近熊跑溪，幽静美丽，通过一条土路通往熊镇中心。四周散布着其他动物的居所。

熊镇教育：老一辈的平民动物们因为小时候条件所限而上不起学，后来因为没文化处处碰壁，就上了熊镇的"扫盲班"。后来熊镇的生活水平提高了，新一代的小动物们在熊镇学校接受正规教育。为了照顾老一辈的感受，熊镇学校取名叫"补习班"。

熊镇产业：熊镇的产业多样，不同动物家族经营着不同的业务。比如羚牛家族经营皮具店，老虎家族经营肉铺，信鸽家族经营邮递业，等等，大家各有分工，总体上还算和谐。产业大都围绕熊镇中心的广场开设。镇子上最火的地方是"三流酒馆"，这里是猛兽们聚集喝酒、聊天、吹牛的地方，数老熊最爱去，因为在那儿他能信口开河地聊天。之所以叫"三流酒馆"，是因为主要客人都是草根动物，高雅动物或者上流社会动物是绝对看不上这里的。

熊镇货币：每种动物群都有自己的货币，按不同汇率折算，当然熊元最值钱，还有狗元、猪元，等等。

熊镇矛盾：动物们不断增长的对美好生活的需求和大自然有限的承载力之间的矛盾。

目录

- 001   01 和北极熊不期而遇
- 013   02 被冬天困住的熊镇
- 023   03 冷清的熊镇中心
- 033   04 初识冰球的魅力
- 043   05 三流酒馆里的高谈阔论
- 053   06 精明的南方獏
- 063   07 怎么穿护具？
- 073   08 大角动物不能上冰
- 081   09 第一次上冰的感觉
- 093   10 熊镇冰球队成立了
- 103   11 第一堂训练课
- 113   12 鲍比牛的"仇家"都来了
- 125   13 尝到了下马威

135	14	八顿的挫折
143	15	打架也有规矩
151	16	知耻而后勇
161	17	熊镇长的作用
171	18	伤兵满营的极限训练
181	19	后勤保障全出动
189	20	刀锋初现
197	21	第一场真正的较量
211	22	决战前的紧张气氛
221	23	再一次尝到了下马威
231	24	硬碰硬的终极对决
239	25	刀锋冠军
249	26	熊镇的冬奥梦

01

和北极熊不期而遇

"呜……呜……呜……"寒风翻过熊镇西北方的山林,从山坡上裹着大团的飞雪向山脚下的熊镇冲下来,接着就在熊镇的街道、广场和树林间肆意盘旋冲撞,好像要把搭在树上、建在地面上、埋在地下的动物们的家给吹跑。肆虐过了,又极不情愿地向远方吹去,好给后来的风腾地儿。最近天气糟糕透了,熊镇基本处于瘫痪状态,动物们早早准备的丰富的过冬食品现在派上了大用场。　▶▶

赶上这样的坏天气,老熊八顿和小熊弗雷迪并没有躲在树洞里,他们和虎爸先风、虎宝太戈一起到熊跑溪钓鱼去了。他们想趁狐狸、野狼这些狡猾又成群的家伙在家猫冬的时候,不受干扰地弄点儿新鲜的鱼货开开荤。　　▶▶

这可不是个简单的活儿。他们裹着厚厚的毯子迎风坐在冰面上,一蹲就是两三个小时。今天的收获还可以,钓到六条大鱼,一家三条。临近中午,他们决定收工回家。

虎爸先风和熊爸八顿在前面蹚着厚厚的积雪开路,弗雷迪和太戈一蹦一跳地在后面打闹玩耍。一会儿弗雷迪和太戈就跑到前边去了,在积雪里上蹿下跳,浑身滚成了圆圆的雪球。太戈忽然停下来,指着几十米外雪地上几个鼓起的圆包说:"咱们比赛,看谁先到那儿。"

"好,肯定我先到。"说着,弗雷迪就奋力向前冲去。太戈在后面喊着:"你赖皮!我还没发令呢。"接着低吼了一声,紧紧跟在后面。

离圆包越来越近,弗雷迪和太戈齐头并进,呼哧带喘,谁也不想落后。眼看就要到了……

忽然,几个圆包同时动了一下,接着陡然增大长高,像一堵墙一样横在弗雷迪和太戈面前,瞬间又变成了几只张牙舞爪的怪物,冲着他们扑过来。

弗雷迪和太戈吓得魂飞魄散,顾不上分辨这到底是怎么回事,本能地急刹车,掉头就往回跑,一边跑一边高喊:"老爸,快来呀!"

往回跑是逆风,孩子们的声音在风中被吹了回来,一定是吹到大怪物耳朵里了,他们发出了"哈哈哈"的大笑声,同时喊道:"小家伙,别跑,我们是你们的朋友!"

弗雷迪和太戈哪管这些,继续跑着。就见前面飞奔过来两个庞大的身影,从他们的头顶越过去,把他们和大怪物一下子隔开了。

"大胆,你们是谁?胆敢在我们的地界放肆!"这是虎爸威严的低吼声。

弗雷迪和太戈一下瘫在雪堆里,呼哧呼哧地喘着气,惊魂未定,但他们心里明白,现在安全了。

八顿怒视着眼前的几个家伙,一共六只大北极熊,呈半圆形,有坐有站还有趴在雪地上的。

"吼吼，来了两个大家伙！"其中一个个头最大的家伙走上前来，微微一弯腰，"我叫奥金，我们是从北极来你们这儿旅行的，刚才发现你们了，就想和你们开个玩笑，没想到把两个小家伙吓到了，实在对不起！"说着，伸出一只厚厚的大白熊掌。老熊余怒未消，挥起熊掌狠狠地向奥金的熊掌拍去。两掌相击处，飞起一团雪沫，瞬间又被风吹散了。

其他几只北极熊懒懒地鼓起掌来，伴随着口哨声。虎爸看在眼里，用大尾巴贴着雪面一扫，飞起一堵厚厚的雪墙落在几只北极熊身上，"这是我们的回礼！"

就这样，他们认识了。　　　　　　　　　　▶▶

"你们怎么伪装的？我们两个一点儿都没发现。"太戈好奇地问。

"我们还用伪装吗？"奥金伸开双臂，转了个圈，展示着自己的白毛。

"那你还有黑鼻头呢。"弗雷迪指着他们的熊头说。

另一只北极熊听了立刻趴在雪里，前掌捂住黑鼻头，果然全白了。

"那还有眼睛呢？你们遮住眼睛就看不见了。"

"可我们在下风向啊，风和你们的气味就是我们的眼睛。"

"哦，太狡猾了！"太戈不由自主地说道。

"那是因为你们还小，你们的熊爸虎爸还没有教你们这些捕猎的本领，慢慢你们就都知道了。你们两个小家伙很聪明，一定会成为最优秀的猎手。"

"你们下一步去哪儿？"八顿问道。

"我们就是来你们熊镇，请问镇中心怎么走，我们要住一段时间。"说着，六只北极熊转身进了附近的树林，随着一阵轰鸣，每只北极熊都开出来一个大雪橇，后面装着满满的行李。

虎爸给他们指了指镇中心的方向，他们挥手道别，排成一条线，呼呼地向熊镇中心驶去，身后是被扬起的漫天飞雪。

02

被冬天困住的熊镇

　自从那次钓鱼后,天气越来越差,老熊八顿和小熊弗雷迪只好在树洞里蹲仓。熊镇寄宿学校正好放寒假了,弗雷迪不用去上学,本来可以出去找小伙伴玩儿,可连续几天的恶劣天气把大家都堵在了家里,他正郁闷呢。老熊的木材加工厂也停工了,他倒乐得正好可以在家休息,给弗雷迪做几顿像样的大餐,顺便把树洞的薄弱地方修补一下。　▶▶

小熊爬上厨房窗洞旁的椅子,鼻头贴在玻璃上望着窗外。"老爸,我以前听你说小时候的事,冬天会刮白毛风,我还不理解,这几天的大风我可见识了,还真形象啊。"

老熊站在灶台前准备午餐,今天他要做肉包子,现在肉馅的香气弥漫了整个厨房。他一边用一把木铲子搅拌着盆里的肉馅,一边扭头看着窗外说:"这些年气候异常,冬天都不冷,所以你没见过什么叫白毛风。我这两天听广播说,今年气候更加不正常,别看咱们这儿这么冷,北极却不冷,好像有个专业名词叫'极地涡旋',咱们这儿的白毛风就是极地涡旋带来的。

林克，你怎么老搞偷袭？

"我不管什么'极地涡旋'，我想找猪宝宝、虎宝宝他们玩儿！在树洞都憋了三天了，什么时候是个头？"

"快了，天气预报说后天就没大风了，气温会维持在零下二十度左右。虎宝、猞猁宝就可以出来玩儿了，至于猪宝宝嘛，你只能委屈一下去他的猪窝了。"老熊说着忍不住笑了起来。

"老爸，我知道你心里怎么想的，你这叫气味歧视！可那也是以前的事了，人家猪宝宝皮朋家现在可好了，不比咱们的树洞差，你太脱离现实了。"

"好吧，我接受批评，改天我也去找野猪爸大牙聊聊天去。"

"我想和虎宝太戈、雪豹宝灰球他们打雪仗，他们有大尾巴，有时我拿着雪球追他们，他们一转身用大尾巴一扫，扬起一堆雪，我就什么也看不见了。"

"那你可以重点打击狯猁宝林克呀，他可没尾巴。"

"他太高冷了，而且不爱动，总喜欢搞突然袭击。你觉得他在那儿发呆没参加打雪仗，可从他身边过时，他会突然把你扑倒，吓你一跳！"

"儿子，既然无法选择敌人，那就勇敢面对吧！管他是谁，你有实力就谁也不怕，两强相争勇者胜！"

"老爸，你今天怎么这么豪情万丈，和你平时在三流酒馆里的表现不太一样啊！是不是刮白毛风也把你憋坏了？"

"我在三流酒馆怎么了？谁敢欺负咱们？"

"是没人敢欺负你，可你也不敢轻举妄动。"

"我是不想挑起事端，好好喝酒聊天就行了，不能像黄鼠狼和狐狸那样没事找事！"

八顿说完，把包好的肉包子放在笼屉上，盖上盖，点着火，拍拍熊掌上的面粉，对弗雷迪说："快过来帮我收拾一下，咱们准备好醋蒜汁，二十分钟后就能吃上肉包子了。再来一碗我早上熬的白薯粥，嘿，太美味了！"

弗雷迪出溜下椅子，把厨房里的电视打开，开始帮八顿收拾餐桌。

电视里正在播放体育新闻:"各位动物朋友,现在我在北京,向大家直播 2022 冬奥会倒计时一周年的活动!在这么寒冷的天气下,现场的气氛却非常热烈……"

八顿拉了把椅子坐下来,盯着电视说:"你看看人家,天越冷越精神,玩儿的花样还挺多。咱们这儿也挺冷的,可大伙儿都爱在窝里蹲着不活动,怪不得咱们熊镇的动物胖子多。"

小熊弗雷迪趴在桌子上,熊头侧向灶台,脸贴着厚厚的桌面,眯起眼睛无精打采地哼哼了一下。他的鼻头耸动,捕捉着从蒸锅里冒出的缕缕香气。

人家玩儿的运动真高级呀!不像咱们这儿,冬天顶多打打雪仗,坐坐冰车。

是呀,看看那些装备和行头,咱们镇上也没地方买啊!

"我有个发现,儿子。你看这些冰雪运动员长得都非常好看,再加上他们穿的装备:头盔、护目镜、颜色鲜艳的衣服,太漂亮了!弗雷迪,你要是有这么一身行头,一定帅呆了!"

小熊听到这儿,一下坐直了,"是吗?我看看。"说着转过身目不转睛地盯着电视。

"漂亮是真漂亮！可人家的身材多好啊！你看，驼鹿有大犄角，体型多利于奔跑啊，他们拉着雪爬犁的样子当然好看了；还有雪狐，穿上滑雪板太潇洒了；你快看这只企鹅，个儿虽然小，可是人家穿着燕尾服啊，所以他们只参加滑冰比赛，不用穿专用服装，一样是水滴流线型，一样漂亮！最不济的北极熊，人家至少一身白毛，能参加冬泳啊！可有什么适合咱们熊的运动啊？咱们要是滑雪，估计得用加宽加长的滑雪板，要不咱们这吨位，肯定陷在雪里动不了。"

八顿听弗雷迪这么说，使劲摇晃着熊头，"儿子，你太没自信了！也许是因为咱们没有穿过那些运动装备，也不清楚到底还有哪些项目。咱们熊镇的动物都比较朴实，平时的运动就是爬山、游泳、赛跑，冬天打打雪仗、滑滑冰车，总之都是实用的，不像外熊镇玩儿那么多花样。"

"嗯，咱们熊镇杂货店也没有这些装备呀！"小熊嘟囔着，鼻头耸动得越来越厉害。

八顿看了看墙上的挂钟，"时间到了，可以起锅了！"说着站起来，关上火，一下把大蒸锅的锅盖掀了起来。蒸腾的热气呼呼地向上翻滚，一下就到了顶棚。

"太香了！老爸，你做肉包子真是一绝呀！我还记得以前咱们不富裕，每次只能买一斤肉做包子，现在咱们的肉包子一咬就是一个肉丸，再加上里面有酱油汁和葱姜末，真是熊间美味呀！"

"那是当然了！我的手艺要是开个包子铺，一定每天都有动物排队。"老熊一边往盘子里放包子，一边得意地说。

"那可不一定！"小熊欲言又止，胖熊掌抓起一个包子偷偷乐起来。

"弗雷迪!"八顿靠着灶台,左熊掌插着腰,右熊掌在灶台上敲击着,"我开店可不会一边做包子一边吃,倒是要对你严防死守,否则咱们就只有便宜的素包子卖给食草动物了!哼!"

弗雷迪扭头看了八顿一眼,笑得抖动着肩膀,咬了一口包子,享受地舔着嘴唇说:"老爸,你咬一口再说这话不迟。"老熊眼珠转了转,扬起下巴闻了闻空气中弥漫的香气,咽了咽口水,幽幽地说:"熊性难改呀!"

03

冷清的熊镇中心

  两天以后,风停了。八顿早早起床,奋力推开树洞平台上被雪封住的门。虽然刮了几天大风,但平台上还是积了一米多厚的雪。小熊赶紧从储藏树洞拿来一大一小两把雪铲,父子熊就从门口开始了铲雪工作。

  一会儿工夫,平台上的雪就清理干净了。八顿用熊掌把栏杆上的雪扫掉,和弗雷迪趴在上面欣赏熊镇壮丽的雪景。远处的熊跑溪完全封冻了,白茫茫一片,但河道的轮廓还是很清晰,溪边的树木深灰色的树枝形成形状优雅的剪影。远处不时传来树枝被积雪压断的咔嚓声和鸟们扑棱棱飞起时夹杂的鸣叫声,传得很远很远。再远处冒起了一股股炊烟,那是熊镇中心开始有了生机。

  八顿深深地吸了一口清冽的空气,接着呼出一口浓浓的白雾,"儿子,咱们这时候再去冬钓应该不错。"

"老爸,你忘了去年你带我去冬钓,你的胖尾巴被冻在冰窟窿里的事了?要不是我急中生智,你的胖尾巴可就保不住了。"

"呵呵,"八顿尴尬地笑了笑,"聪明的熊不会犯同样的错误,前几天你也看到了,我又学了新方法。"

"我看还是算了吧,聪明的熊都善于用工具,你总是改不了用身体某个部位的毛病。上次幸运,但不会每次都幸运的。"小熊嘟囔着。

八顿正要向弗雷迪解释他的冬钓新方法,忽然一大坨雪块从树上掉下来,正好砸在他的熊头上。"啊!"他用熊掌把雪扫掉,抬头向上看去。松鼠一家正蹲在一个粗树杈上向下看着。

"嗨,你们干吗呢?"老熊嚷嚷着,对他们这个邻居,两只熊一向是敬而远之。

"老黑熊,没听说吗?咱们镇子来了几只北极熊,全身都是白的,比你们这些棕熊干净多了,哈哈哈!"

"一共六只,我早知道了,干净什么呀!我在电视里还看见过北极熊刨垃圾堆呢。"八顿鄙视地指了指松鼠一家,你们不要长别人志气,灭自己的威风。咱们熊镇好山好水,他们肯定是看上咱们这儿了。据说他们对松鼠可不客气,哼!"

"你别吓唬我们,刚才听乌鸦说,他们是因为今年气候异常,北极一点儿也不冷,听说咱们这儿比他们那儿还冷,就过来度假了。"松鼠一家鼓着腮帮子叽叽喳喳地说着。

两只熊面面相觑,自从几天前的邂逅之后,一直没有他们的消息,父子熊决定去熊镇中心了解一下情况。

说去就去,八顿从平台上解开绑在树洞上的雪爬犁,从平台上慢慢用绳子放到地面,父子熊顺着梯子下来,弗雷迪一下跳到爬犁上,盖上厚厚的毯子。八顿把四只熊掌套上大大的用金属和皮革做成的雪掌,拉上爬犁就向镇子中心走去。 ▶▶

熊镇中心广场四周的店铺基本都开门了,门前厚厚的雪被铲到广场中央的雕塑前,把基座都埋了起来。动物们都在各自店铺前扫着雪,迎接客人的到来。可今天的客人却少得出奇,要是在往常,一场持续几天的大雨或大雪后,动物们都会出来相互问候一下,打听一下有没有大的损失。

老熊把爬犁拴在三流酒馆门前,跺跺熊掌上的雪,把雪掌脱下来放在爬犁上,冲着里面喊了一嗓子:"嗨,我说老浣,今天怎么这么冷清啊?"

"嗨,你算是问着了,咱们镇上来了几只北极熊,"浣熊说着从吧台后面走出来,倚在门框上望着八顿,"他们这几天可活跃了,大家都在窝里猫着,他们天天在外面疯玩儿。这不,早上他们在熊跑溪湾那儿玩儿呢,好像叫什么冰球。我也是听别的动物说的。大家都去看热闹了,所以这儿特别冷清,一会儿他们回来就热闹了。"说着,做了个请的姿势,让两只熊进去。

"老爸,我也想去看看,什么是冰球啊?难道是在冰上玩球,那么滑怎么玩儿啊?"

"好,那咱们也去瞅瞅。老浣,我们一会儿回来再喝一杯。"八顿说着转身和弗雷迪往广场南侧的溪湾走去。

都去看北极熊打冰球了。

熊跑溪在熊镇广场南侧打了一个湾,溪水变宽了,水流自然就平缓了,冬天结上冰显得很宽阔。平时熊镇的动物宝宝们没事就来这儿滑冰车,打雪仗。镇政府每年也在这儿建几个冰滑梯,供大家玩儿。

八顿和弗雷迪父子熊经过街角羚牛一家经营的皮具店,向右转就是直通溪湾的街道,是个长长的下坡。这时太阳出来了,两只熊迎着太阳站在大坡的顶端,身后是一大一小两个胖胖的影子。阳光在雪地上的反射太强烈,晃得八顿和弗雷迪睁不开眼睛。还好他们有经验,把随身带着的墨镜戴上,向坡下的溪湾看去。

远处的溪湾被动物们围出了一个大空场,中间闪着亮光,一看就是把雪清扫露出来的一大块冰面,几个小点在飞快地移动,动物群里不断爆发出惊叹声、鼓掌声。八顿和弗雷迪疑惑地看了片刻,"老爸,咱们快点过去看看他们在干吗。"说着他们顺着大坡出溜了下去。

04

初识冰球的魅力

八顿领着弗雷迪到了近前，分开动物们挤了进去，惹得驼鹿和灰狼很不高兴。八顿不管那一套，把弗雷迪拎起来放在肩膀上说："快看，嘿，还真没见过！"

　　只见场地是长方形的，宽四十米左右，长六十米左右，四周用原木画定了边界。场地里有三条线，中间是红色的，两边各一条蓝色的。八顿估计，那红蓝线是用胡萝卜汁和蓝莓汁涂在冰面上的。长边两端各有一个简易球门，但是离底线有两米左右，并没有顶到头。

　　场地里有六只北极熊，他们都穿着铠甲一样的衣服，三只穿着红色的上衣和球袜，黑色的短裤，另外三只一身都是蓝色的装备。他们都戴着头盔，有的头盔上是玻璃的面罩，有的却是金属网格的面罩。每只熊都握着一根带弯头的球杆，后熊掌穿着带刀刃的冰鞋。

　　这六只北极熊原来是分成了两个队在比赛,用球杆在抢一个黑色圆饼状的球。他们时而冲刺滑行,时而一个急停,冰刀铲起一两米高的冰沫,边上看热闹的动物们一边惊呼一边躲闪。有时看到他们马上就要撞在一起,却分别一个急转弯,灵巧地避开。有时实在避不开,干脆就狠狠地撞一下,盔甲装备发出咔咔的响声,惹得熊镇的动物们使劲鼓掌欢呼。

　　球在球杆间快速地传递，像变了魔法一样，冰刀在冰面上发出有力的低鸣，所到之处留下了细碎的冰沫和优美的弧线。这时，红队的一个个头稍小的6号家伙，灵巧地晃过了一个蓝队的大家伙，紧接着做了一个向右滑行的假动作，骗得扑上来的另一名蓝队队员向自己的左侧转身。6号又突然一个急停，马上向左滑行，然后把球快速传给从后面插上来的红队2号，这可是个大家伙，只见他带着风声，挥起球杆就是一击，球贴着冰面向球门滑去。蓝队的第三个队员一看不好，马上一个卧倒，身体贴着冰面向球门滑去，他想用身体堵住球门，可是晚了一步，黑色的冰球撞进了球网，红队领先了！

▶ 弗雷迪坐在八顿的肩膀上简直看呆了!他从来没有见过这么漂亮的装备、这么新颖激烈的比赛和这么有男子汉气概的冲撞。他渐渐进入了角色,好像自己正在场上比赛,他不停地叫好鼓掌,有时整个身子都站起来。八顿在下面紧紧抓住他的双腿,努力平衡着不要碰到别的动物,自己也伸着熊头聚精会神地看着。

一会儿,比赛结束了。北极熊们互相击掌,缓缓滑向场边,在原木外面的椅子上坐下来。弗雷迪拍拍八顿的熊头说:"老爸,快让我下来,我要去问问他们这是什么运动。"说着就从八顿肩膀上滑下来,挤到六只北极熊跟前。六只北极熊看到弗雷迪过来,纷纷把头盔摘了下来,头顶上冒着热气,几个大家伙坐在大木凳上,比站着的弗雷迪高出一大截,这大块头还真有气势。 ▶▶

弗雷迪好奇地左看看右看看，一切都太新鲜，以至他一时想不起该问什么了。忽然，他举起熊掌握成拳头，向一只个头最大的北极熊当胸砸了一下。

"哎呦，还真疼，怎么这么硬啊！"弗雷迪晃着熊掌咧着嘴说。

几只北极熊互相看了一下，哈哈大笑起来，他们的黑鼻头亮晶晶地耸动着，一笑就露出了黑色的舌头。那只大个北极熊摘下厚厚的手套,用熊掌把穿在外面的罩衫向上一撩,露出了里面的护具。小熊一看,原来肚皮和前胸都被硬硬的塑料包裹着,怪不得打上去这么疼。那只北极熊伸出大熊掌对弗雷迪说:"嗨,小家伙,我叫奥金,你叫什么呀?我们好像几天前见过。"

"我叫弗雷迪。"小熊盯着奥金伸出的大熊掌惊呆了,这只熊掌比自己熊爸的熊掌还大出一圈,白白的熊毛覆盖了四周,中间的部分是黑色的肉垫。他很好奇,为什么白白的北极熊,从熊毛里露出的部分都是黑色的。他慢慢地把自己的胖熊掌放在奥金的大熊掌中间,瞬间,奥金的另一只大毛熊掌拍上来,把弗雷迪的熊掌夹在中间。"弗雷迪,这名字不错,喜欢看我们打冰球吗?"

"原来这个叫冰球啊!"弗雷迪心里想着,使劲儿点了点头,有点不好意思地把熊掌抽出来,后退一步,左右不停地打量着这些穿着铠甲和漂亮运动衣的北极熊。

六只熊不停地说笑着,开始脱去身上的装备,时不时地和围观的熊镇动物们聊上一两句。弗雷迪看着那几双闪闪发光的冰鞋,真是羡慕极了,恨不得现在自己就有一双,也能像他们一样在冰面上做出各种漂亮威武的动作。

六只北极熊把自己的装备装进一个个大提包里,站起来拍拍熊毛上的冰沫,一只熊掌把大大的提包往肩上一背,另一只熊掌抄起球杆,奥金把熊掌伸进嘴里,打了个响哨,"伙计们,咱们去喝一杯吧。"另外几只把球杆敲向冰面,发出啪啪的声音表示赞同,然后说笑着向熊镇中心走去。

动物们大都散去了,弗雷迪拉着八顿说:"老爸,咱们去三流酒馆和他们聊聊,我一下就喜欢上冰球了!"这话正合八顿的心意,他刚才看了比赛,也是热血沸腾,年轻时的那股冲劲儿不知为什么突然冒了出来。

"我也想了解一下,这冰球看起来很高级,他们穿的那套行头估计很贵吧,我看最便宜的就是他们用的球杆了。"

"老爸,你先别瞎猜,一会儿咱们问问不就知道了嘛。"

05

三流酒馆里的高谈阔论

熊镇中心广场的三流酒馆从来没这么热闹过,六只北极熊在吧台上一坐就占去了大部分座位。八顿和虎爸先风也挤进去要了一杯啤酒,弗雷迪和虎仔太戈分别坐在熊爸和虎爸的腿上。

"自从前几天见面后一直没有你们的消息,你们从北极到这儿,距离可不近啊!"虎爸皱着他的大王脑门问道。

"是啊,我们翻山越岭走了很多天。我叫格林,今年北极地区气候异常,不是那么冷。听说你们这边气候也异常,特别冷,我们一商量,觉得可以来一次长途旅行,看看你们这儿的生活是什么样的。"

"你们出来玩儿干吗还带着打球的东西呀?那么一个大包还有球杆,多沉啊!"太戈不解地问道。

"因为我们打算在这儿住一个冬天呀,我们那儿常年都有冰雪,所以都特别喜欢冰雪运动。出来一个月要是不打冰球,那得把我们憋死了。"另一只北极熊插话了:"我叫洛林,刚才说话的是我大哥,那个是我弟弟斯林,我们是林家三兄弟。"坐在最靠窗位置的小个儿北极熊抬起熊掌,向大家点了点头。

奥金从吧椅上下来，站在吧台前，挥起两只熊掌拍了三下，环顾四周后说道："我叫奥金，刚才林家说有三兄弟，我们奥家也有三兄弟，老二叫奥银，老三叫奥铜。"

"要是有个老四，金银铜铁就齐活了！"野猪爸大牙忍不住嘟囔了一句，熊镇的动物哈哈大笑起来。奥金并不在意，他招呼了一下他的两个兄弟，他们也从吧椅上下来站在他的两边。

"甭说，你们长得还真像！"

"当然了，一水的白毛黑鼻头小脑袋大熊掌，能不像吗？"熊镇的动物哄笑着，夹杂着口哨声和碰杯的响声。

弗雷迪看不下去了,他从八顿的腿上滑下来,站在奥金面前仰起头说:"别和他们一般见识,我特别喜欢你们打的冰球,我们之前可从来没见过,太好看了!要是我们也能打就好了!"

奥金三兄弟笑了,他们重新坐回去,还给弗雷迪腾出来一个位置让他坐在中间。奥银发话了(这家伙一看就是只聪明的北极熊,眼睛闪着敏锐的光),"学会打冰球不难,但我们这几天在镇子里转悠,发现很少有动物出来玩儿,更没有什么冰雪运动啊。"

"怎么没有啊,我们打雪仗,还有抽嘎嘎,还有冰滑梯,好多呢。"雪豹宝灰球抢着说。

六只北极熊面面相觑,无奈地摇摇头,熊掌交叉在一起放在吧台上,仰头望着天花板叹着气。那个最聪明的奥银忽然想起了什么,从提包里掏出一个小笔记本电脑,对老浣说:"你这儿能接投影吗?我要给大家讲一下什么叫真正的冰雪运动。"

老浣不服气地指了指对面的长条桌,"那儿就有。"

奥银和格林过去接好了投影屏幕,熊镇的动物们围着长条桌或坐或站,叽叽喳喳地议论着。忽然音乐响起,屏幕上出现了一个大体育馆的画面,接着就是激烈的冰球比赛。快速地滑行、急停转身、猛烈地冲撞、进球后队员和观众的狂欢,通过镜头紧凑的转换,用快闪的形式呈现出来。熊镇的动物们一下安静下来,眼睛一眨不眨地盯着屏幕看呆了。接下来,画面一转,冰面上只剩下一大一小两只企鹅,音乐也换成了舒缓轻柔的节奏,两只企鹅时分时合,在冰面上一会儿旋转一会儿跃起,更精彩的是大个儿企鹅会突然把小企鹅高高举起,接着抛向空中转一个圈,再接住放回冰面。熊镇的动物们虽然在电视上也见过花样滑冰,但看到这么花哨的动作,还是禁不住一次次地发出惊叹声。

十五分钟很快过去了，动物们看到了滑雪、冬泳，还有从高台上像老鹰一样一跃而起在空中飞行最后落在雪面上的运动，真是太精彩了！

奥银关上电脑，慢悠悠地看了一下四周说："你们还觉得打雪仗、冰滑梯那些是运动吗？我们管那些叫游戏，是小孩子们玩儿的。可你们这些大动物冬天玩儿什么呀？"

"我熊爸冬天会钓鱼，他还可以尾钓，就是把尾巴……"弗雷迪还没说完，就被八顿一把捂住了嘴巴，"我们镇子小，没有那么大的体育馆，怎么开展运动啊！"

"这可不是借口，我的家乡和你们镇子一样大，可我们那儿有六支冰球队，我们还去滑雪。你们这儿三面环山，一面临水，有得天独厚的条件，不开展冰雪运动，太浪费资源了！"

"冬天太冷了，我们可不想出去挨冻。"野猪爸双蹄抱胸眨着眼睛说。

"我说兄弟，这可不对。运动可是一种生活方式，是咱们动物生活不可缺少的一部分，看看我们的身体多壮实。"斯林凑过来说。

"嗯哼！我们可是天天运动，上山采蘑菇、下水捉鱼虾，还得不停地打工，每天忙得很。"驼鹿打了一个响鼻悠悠地说，惹得旁边的狐狸喊起来："你喷了我一脸，太不像话了！"

"那叫疲于奔命!现在和你们说你们不理解,因为你们没有真正喜爱上一种运动。我们反正会在你们这儿住一个冬天,你们谁要是感兴趣,我们可以一起玩儿。什么?不会?没关系,我们可以教你们呀!"

"我想学打冰球!"弗雷迪迫不及待地跳着说,"可是我什么装备也没有,冰鞋、球杆、手套、护具和头盔,统统没有,这怎么办呀?"

"对呀,咱们熊镇连个像样的运动器材商店都没有,那个杂货店只卖些跳绳、羽毛球拍子之类的玩意儿。"老狼五福也插话了。

"没关系,有我们啊!"话音刚落,不知从哪儿冒出来两只马来貘,这两个家伙鼻子软软地来回晃着,身上却穿着厚厚的羽绒服,把自己裹得严严实实。

老狐狸捅了一下身边的猪爸说:"嘿,你看看,跟你叫板的来了。"

"跟我叫什么板呀,我和他们又不认识。"猪爸瞪了狐狸一眼。

"这不明摆着吗?你看他们的大鼻子,比你的还长。"

大伙儿一听都笑了起来。猪爸屁股一扭,就听一声惨叫,狐狸被怼到了一边。

06

精明的南方貘

"嘿嘿嘿,大家听我说!安静!"马来貘倒是一点儿也不客气,一看就是个自来熟的家伙。他身边的那只明显是他的副手,这家伙一下跳到了长条桌上。

大伙儿一下惊呆了!"下来!太没规矩了!"狐狸喊道。

"听我说,我们是从南方来的马来貘,我叫阿优,这是我的副手,叫捷森。我们来熊镇是……"

"原来马来貘长这样!以前只在电视里见过,样子像猪又像熊……"老狐狸又开始喋喋不休。

八顿和猪爸狠狠地瞪了他一眼,他知趣地把后面的话咽了回去。

"你们刚才说想打冰球没有装备,我们就是给你们提供装备的。"阿优在长条桌上眉飞色舞地说着。

"等等,你是南方来的,你们那儿常年闷热,怎么可能有冰雪运动?"老狼五福怀疑地问道。

"这你就不知道了,现在南方也可以打冰球啊,刚才你们不是看到体育馆了吗,我们那儿也有啊,而且是那种充气的,建造非常简单,还隔热,里面做成冰场,我们就可以滑冰、打冰球了。别小看我们南方的动物,打起冰球来可一点儿也不比你们北方的动物差。"阿优鼻子不停地摆动着,说话瓮声瓮气的。

"明年就要开冬奥会了,现在可是开展冰雪运动的大好时机,我们在地图上寻找了好长时间,觉得你们熊镇的位置最适合冰雪运动。而且我们上网查了一下,熊镇到目前为止还没有开展任何冰雪运动,所以我们就来了,还带来了装备,你们看!"

　　副手捷森把一个大提包放到桌面上,拉开拉锁,从里面拿出一个头盔递给阿优。

　　"大家看一看,我们可以提供全套的装备,不论谁,穿上都特别威风。"阿优精神抖擞地举着头盔,"不仅这些,我们还要建立咱们熊镇自己的冰球俱乐部。你们知道吗,山那边的蓝熊镇已经成立了冰球队,我们前两天去考察了一下,水平还不错,他们还说要组织一个冰球联盟打比赛。所以说呀,咱们不知不觉就落后了,再不奋起直追,就会落伍的!你们说,等明年开奥运会的时候,咱们拿什么应景啊?"

"你说的俱乐部怎么个玩法?"老狼问道。

"别着急,我们马上发布加入俱乐部的办法,只要感兴趣的,都可以加入。记住,会员是有优惠的。"说着,他从一个细长的纸筒里取出一卷海报展开来,然后跳到地面上,把海报贴到了墙上。

大伙儿围过去一看,这海报设计得还真棒!中间是一个北极熊冰球队员,身着全套护具,手握球杆,俯身抬头紧盯前方,真是英姿飒爽。两只马来貘分别站在海报两侧,捷森指着海报顶端的大字说:"看到了吗,这就是我们俱乐部的名字,叫熊镇冰雪俱乐部。"

"我们想滑雪,但看来你们没有这个项目。"驯鹿爸有点儿失望地说。

"谁说没有啊,我们有,而且很快就会有滑雪教练来,到时就可以开课了。"

水獭一家挤过来,水獭宝宝问:"有我们能参加的运动吗?"

阿优打量了一下他们,"你们吗?我看可以参加冰壶项目,是不是,捷森?"

捷森点点头,从包里取出一本小册子递给水獭宝宝,"给你,这是冰壶运动的介绍。"

说着,他又从提包里取出几摞小册子放在吧台旁边的一个小方桌上,"这是我们俱乐部开展活动的宣传册,谁有兴趣可以取走,是免费的,不过一家限取一册,数量有限啊!"

"上面有各个项目的价格,还有教练的名字,重要的事说三遍,加入俱乐部,会员有优惠!"阿优指着海报和小册子说。

又热闹了一阵，将近中午时分，大伙儿陆续离开三流酒馆回家了。北极熊和马来貘也离开酒馆回酒店去了。八顿和弗雷迪、虎爸虎宝、猞猁爸猞猁宝没有离开，他们坐在吧台前翻着小册子。"我说，我怎么觉得这事这么巧呀，北方来的北极熊和南方来的马来貘同时到咱们熊镇，而且都是玩儿冰球的。"老熊自言自语着。

"可不是吗，你看，这上面写的冰球教练的名字，不就是那六只北极熊吗？难道他们以前就认识，还是这几天才搭上的？"

"这也太快了吧,连小册子、海报都印出来了。"

"我看这老浣肯定知道底细。"

"为什么?他怎么会知道?"

"你看啊,北极熊和马来貘对三流酒馆都很熟悉,咱们都不知道马来貘是怎么进来的。而且他们贴海报、放宣传册都没跟老浣打招呼,说明什么?"

"说明什么呀?"

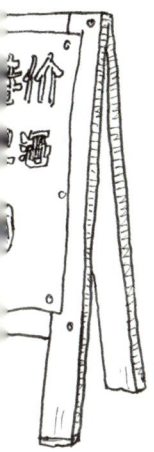

"说明他们提前都商量好了呀!"

"哦,你这么一说我算是明白了!八顿,你一天吃八顿饭就是聪明,分析得在理。"

"谁说我一天吃八顿饭,都是你们这帮坏蛋瞎说。咱们可以把老浣叫来问问。大家可得多个心眼,别叫人家南北夹击,设了陷阱,把咱们熊镇给骗了!"

几只动物就这么你一嘴我一句地说着。猞猁爸对在屋角收拾桌子的老浣吹了声口哨,老浣轻轻地踱进吧台。

"老实说!马来貘是不是给你好处了?"猞猁爸笑面侠抖着耳朵尖上立着的两撮毛问。

老浣一听就笑了,"这算什么好处啊,他们说在我这里贴海报,宣传一下他们要干的事,我一看也没什么,就答应了。这不,我儿子喜欢滑冰,他们答应可以半价入会。"

"你们都够精明的,看来咱们熊镇遭受到了南北夹击呀!他们这是要把咱们的钱都挣走啊!"

"话可不能这么说,"老浣凑上来低声说,"这两拨动物是前后脚到的,因为这些天天气不好,也就我这儿还开业,他们就把我这儿当成了据点。从他们的谈话里知道,他们之前并不认识,他们来咱们熊镇的目的刚才也都说了,一点儿不假。北极熊就住一个冬天,他们住在酒店里,也不少钱,当个教练打打零工也能补贴一下他们的费用。马来貘确实是要开俱乐部,不过他们也是受一个什么基金会的委托来的,专门找那些没有冰雪运动的地方去推广,咱们熊镇就是他们选的目标。等俱乐部运作正常了,他们就离开,俱乐部由咱们熊镇自己运营。他们最善于经商,可以教教咱们熊镇的动物。"

"原来是这样啊!"刚才还满腹狐疑的几只猛兽现在心里踏实了,他们回头看了看贴在墙上的大海报,心中的野性被召唤了出来,举起手中的酒杯,在空中响亮地碰了一下,一饮而尽,然后走出了老浣的三流酒馆。

07

怎么穿护具?

"老爸,你快点儿,别磨蹭了,要迟到了!"弗雷迪催着八顿。

几天前,他们去俱乐部报了名,成了俱乐部的会员。工作人员给他们录入了身高、体重、年龄等信息,提前给他们分好组,按身高体型准备好装备。今天他们要第一次上冰体验冰球的魅力了。弗雷迪别提多兴奋了,他准备好相机让八顿背着,"老爸,到时一定给我多拍几张好看的照片。"老熊撇着嘴说:"你先别美,穿上冰鞋恐怕都站不稳,我肯定给你拍几张摔大马趴的照片。"

"老爸你也别得意,你要是摔一跤,估计能把俱乐部的顶棚震塌。"

"顶棚是充气的,刚建起来,而且是用那个基金会的钱盖的,肯定特别结实。"

"顶棚结实,但冰面也受不了啊!"弗雷迪说着忍不住笑了起来。

两只熊说笑着来到位于熊跑溪岸边的充气体育馆,这是熊镇冰雪俱乐部的所在地。远远看去,熊跑溪的冰面旁边有个白色拱形的充气大棚,面向熊镇的一侧有一排二层房子,那是俱乐部的办公室和库房。中间有个旋转门,进去后就是大厅,正面是前台,紧邻前台是通向二层看台的楼梯。大厅左边是两间运动员更衣室,右边是裁判员更衣室和通向冰场的通道。大厅上方悬挂着俱乐部的旗帜:一只冰鞋在冰面上铲起一层冰沫飞向空中,刀刃发出亮眼的寒光,透着凛凛杀气!

阿优和捷森在门口迎接大家,八顿和弗雷迪在表格上签好字后,捷森把他们领到更衣室门前,门口走廊地面上摆着两排大装备包,上面都用胶带贴着动物的名字。捷森拎起贴着八顿和弗雷迪名字的大包递给他们,指了指一间更衣室说:"这是更衣室,你们去换上装备吧。"

父子俩接过包，推开了更衣室的门。里面立刻爆发出欢呼声。他们定睛一看，原来虎爸、猞猁爸、狼爸他们早就到了，看到八顿父子来了，都高兴地欢迎他们。

两只熊可是第一次进冰球队的更衣室。更衣室真大呀！沿着墙并排摆着整齐的更衣柜，每个更衣柜正好是动物的体宽。下面凸出的部分可以作为椅子，中间一段空间最大，有衣服的挂钩，上面还有一个格子。

虎爸和猞猁爸给他们腾了两个更衣柜的位置。两只熊把包放在地上，坐下来。

猞猁爸捅了八顿一下，"一会儿上冰离我远点儿，听见没？"

八顿也不客气地回怼他一肘，"我就贴着你，要是摔一跤准能把你的大便压出来。"

虎爸把目光从提包上移开，对猞猁爸说："笑面侠，你的嘴就不能老实点，别那么欠揍！"

"太戈爸，你说得太对了！其实我也不能贴身跟着他，要是那样，我俩就成雕塑了，一动不动。等别人滑过来，他肯定突然把人扑倒。"

"哈哈哈，他儿子林克打雪仗就这样！"弗雷迪和太戈大笑着。

林克听了不干了，一下蹿过来把弗雷迪扑倒了，三个小伙伴滚在了一起。

这时，花斑豹、羚牛、黑狼奈特还有大猩猩也陆续进了更衣室。八顿指着装备包说："咱们换上护具吧。"说着站起来，把头盔使劲扣在了熊头上。

"你戴上它怎么这么别扭啊，脸都被箍变形了，而且完全看不到你的圆耳朵了。都说你们是熊瞎子，要是耳朵再听不见，那可怎么打呀？"猞猁爸说道。

八顿又费力地摘下头盔，头上的熊毛全都成了倒竖状，惹得大家哈哈大笑。

这时，阿优和捷森进来了。阿优挥了挥手中的球杆，开始讲话："大家好，今天是我们俱乐部第一堂冰球课，非常欢迎大家的到来。现在我教大家怎么穿护具。"

"哦，这个难道还要教吗！我都穿了一半了。"虎爸自信地说，他已经把头盔和护胸护肘都套在了身上。

阿优和捷森对视了一下，忍住笑没有说话。阿优从随身带进来的装备包里取出装备，对大家说："现在我来讲解，让捷森做示范，怎么穿装备。首先，大原则就是，先中间、再下边，之后是上身，最后是头盔。"

▶▶

老狼听到这里"嗷"地叫了一声:"太戈爸,我们就是要看你不按要求穿有什么后果。"大家都跟着起哄。

虎爸可不轻言放弃,他从包里拿出最外面的罩衫,想从头上套,可是因为已经戴上了头盔,罩衫的口小,怎么也套不上。大伙的起哄声更高了,虎爸不得不尴尬地把罩衫扔回了包里。

阿优继续说,"先穿速干裤和护裆,然后穿护腿。这是护腿,请大家看一下,非常硬,可以很好地保护我们的腿部。两侧各有一个边,记住,宽边放在腿的外侧,可以最大限度地保护我们的腿部,窄边放在腿的内侧,把扣襻粘好就可以了。"

大家学着捷森的样子依次穿上速干裤、护裆和护腿,又有模有样地穿上漂亮的球袜。这时,虎爸发出了哼哼声,原来他提前穿上了上身的护具,弯腰受到了限制,只能勉强够到小腿。

"我说,你干脆把上边的都脱了吧,别再把你的腰给扭了,虎背熊腰,你的腰可没八顿的好。"老狼一边系扣襻一边说着。

阿优接着拿起了一条厚厚的短裤说:"这是防摔裤,后面有一片硬硬的保护片,可以保护你们的屁股,当然了,你们有的尾巴长,防摔裤后面特意留了一个洞,可以把尾巴伸出来。"

"猞猁家不要这个洞,他们的尾巴和兔子一样短,小心摔倒时我铲起的冰沫飞进去冰你的屁股。"雪豹爸打趣地说着,猞猁爸眯着眼睛没搭理他,继续学着捷森的样子穿自己的装备。

弗雷迪一边笑着,一边学着把防摔裤穿上,系好带子,扣紧扣襻。

接着捷森开始让大家穿冰鞋。一会儿工夫，大伙儿把速干衣、护胸、护肘和罩衫也都穿好了，他们左右看看，嘿，还真像那么回事儿。刚才还是一副散兵游勇的样子，现在俨然成了一支有模有样的冰球队了。

"来来来，我给大伙儿拍张照片留作纪念，你们真是太帅了！简直就是英勇的战士、无敌的战队！"捷森掏出相机退到门口。动物们往中间挤了挤，大家把前臂搭在一起，大声喊着："熊镇！熊镇！不容挑战！"声音大得差点儿把房顶掀翻。

08

大角动物不能上冰

照完相,大家你一拳我一肘,嘻嘻哈哈地对旁边的动物试探着,"还行,我这么重的拳头也伤不了你。"

"看来我这一肘对你也没什么影响。"

"现在我们就来戴头盔,大家的耳朵基本上是冲上的,所以我们特意为大家准备了适合的头盔,顶部是可以调节的,既可以调节头盔的大小,也可以调节耳朵缺口的位置,非常方便。"阿优说着,捷森做示范,把头盔戴到了自己的头上。

"头盔前面有面罩,就是这个金属框,因为你们都是业余选手,所以必须戴全面罩,把脸部全防护起来,冰球打在上面一点儿问题也没有。戴上头盔后就这样扣上面罩。"捷森做着示范,把面罩扣好,系上扣襻。

"我想戴那个透明面罩的头盔,那个多好看啊,从里往外看也看得清楚。"弗雷迪指着阿优手里拿的那个头盔说。

八顿用胳膊肘碰了一下弗雷迪,"刚才人家不是说了嘛,咱们是业余选手,只能戴这种金属面罩,能把咱们的熊头全保护起来。要是戴那种一半面罩的,万一冰球飞起来打到你的牙可怎么办?牙要是打掉了,你就不好看了。"

　　弗雷迪听了,使劲儿点了点头,不再提要求了。

　　"八顿,我说你平时主意多,今天怎么这么老实。原来你是怕破相啊,那样的话你就没法儿找母熊聊天了,一张嘴就看见缺一颗门牙。"猞猁爸不失时机地开着八顿的玩笑。

　　"哈哈,说的确实是事实,在北极动物的冰球职业联赛里面,经常会看到缺牙的家伙,就是被冰球和球杆打的。可他们觉得那是勇敢的象征。"捷森笑着说。

　　"八顿,你也勇敢点儿!"大伙儿开始起哄。

　　"少来这套,我才不上你们的当呢!"八顿说着重新戴上调节好的头盔,扣好面罩,凑到猞猁爸跟前假装凶狠地盯着他。

　　大伙儿也迫不及待地把头盔调节好,扣在了自己的头上。

　　"好了,大家现在全都穿好了装备,看一看,我们多么威武啊!来,大家起立,一起鼓掌加油!"阿优说着,做了个起身的手势。

八顿和弗雷迪隔着头盔面罩对视了一下,"老爸,你倒是站起来呀!"

"我……我怎么觉得熊掌不听使唤呀。这冰鞋一穿上怎么这么别扭啊,我的熊掌好像血液流通不畅啊!你扶我一下,我先起来。"说着,他扶着弗雷迪的肩膀颤颤悠悠地站了起来,虎爸、虎宝和其他动物也慢慢地站了起来。

忽然，老狼对阿优说："你看，羚牛鲍比的两个大犄角伸出来像个海盗。我们的耳朵都是软的，他的梆梆硬，这要是顶在我们身上，谁受得了！"

"啊！真是这样啊！老狼你发现得太及时了，这是严重的安全隐患。阿优，你看怎么办吧？"大家附和着。

羚牛一听急了，他向前跨了一步想解释，没想到被放在地上的提包绊了一下，加上自己也是第一次穿冰鞋，站立不稳，一下子向前扑倒。猞猁一家赶紧向旁边闪开。说时迟那时快，他的犄角一下子顶在了对面更衣柜的下面，就听"咔嚓"一声，木板粉碎，更衣柜留下个大洞。

更衣室发出一片惊叹声，"太猛了！这劲儿可真大呀！我们要是被这么顶一下，估计得歇半年。"大家你一嘴我一嘴地嚷嚷着。

随着又一声"咔嚓"响,鲍比把犄角从木板里抽出来,起身看着自己闯的祸,不知道说什么好,期盼地望着阿优和捷森,生怕他们就此把自己拒之门外。

"大家安静,听我说。大伙儿看看,我们当中是不是没有驼鹿、驯鹿这些有大角的家伙。其实他们很想加入进来,都被我们劝退了。他们的大角确实太大了,很容易伤着别的动物,自己也容易受伤。羚牛的角不大,而且向后弯,一般情况下不会伤着大家的……"

"那可不一定,他要是头一晃,或者摔倒了,角就有可能刺到我们,那可不得了。"大家七嘴八舌地说着

"这个嘛,我们做过调查,也有过实际的案例,我们可以让羚牛当守门员,这样就不存在任何问题了!"

"守门员?当守门员为什么就没问题?"

"以后大家就会知道的,我先保密!现在大家的当务之急是尽快上冰,学会滑冰。大家到外面来,来领球杆了。"

09

第一次上冰的感觉

大厅右边通往冰场的通道口靠墙立着一排几十根球杆,分成了不同长度。捷森手里拿着一根球杆立在身前。

"我和大家讲一下如何挑选球杆,先说长度,把球杆立起来,球杆顶部在你的下巴和鼻子之间就是合适的长度。"

雪豹宝宝灰球抄起一根球杆,试了试高度,正合适。他得意地摆出海报上冰球运动员的姿势,做了个挥杆击球的动作。虎宝太戈指着他选的球杆的杆刃说:"你选的不对。"

"怎么不对了?"灰球不服气地说。

"杆刃击球的那面应该是往里凹的,你选的这个是往外凸的,这怎么控制方向啊!"

"这就是我要说的第二个注意事项。我们平时双掌握杆击打东西的时候都有自己的习惯,有的习惯左掌在前,有的习惯右掌在前。球杆就是根据每个动物习惯的不同,设计了两种不同的类型。一个叫左掌杆,就是握杆时左掌靠近击球的杆刃部位,另一种就是右掌杆。两种球杆的杆刃弧线正好是相反的,这样才有利于控球和射门。一般平时习惯用右掌干活的,用左掌杆,左撇子一般用右掌杆。"

"哦,原来是这样啊!没想到冰球处处是学问。"大家不由得发出赞叹。

灰球听了赶紧从另一组球杆里挑选了一根杆,比画了一下,点了点头,一脸崇拜地看着捷森。

动物们轮流凑上前来挑选自己的球杆,阿优和捷森耐心地指导,解答大家的问题。等每只动物都选好了自己的球杆,阿优和捷森一声招呼:"咱们上冰了!教练在冰上等着咱们呢。"说着,领着这一队高矮胖瘦千差万别的动物来到了冰面上。

"嘿、嘿、嘿,大家好啊!"冰面中央站着三只北极熊,是奥金、洛林和斯林,他们都戴着冰球手套,熊掌里攥着一根球杆,脚蹬冰球鞋。奥金头戴一顶红色的棒球帽,另外两只则戴着蓝白间色绒线帽。

注:教练一般不会戴冰球头盔,通常戴顶棒球帽或绒线帽。

"大家把球杆放在挡板处,我们先学滑冰。按身材分成两组,大个儿的在我这边,小个儿的在洛林那边。"

"这大小个儿有没有标准啊?"灰狼眯着他聚焦的小眼睛问道。

"你们自己估摸着来,你要是觉得你可以在大个儿那组,就站过来。不过万一他们把你挤着摔着了,可别怪我没提醒。"

"吓唬谁呢!我们可是森林狼,我们就在大个儿这边了。"黑狼奈特听不下去了,抢着说。

"随你们,来来来,大个儿的跟我来。"奥金说着举起球杆向场地一侧滑去。

八顿和弗雷迪对视了一下,"老爸,我能和你一起在大个儿这组吗?我一点儿也不比老狼他们个儿小。"

八顿想了想,拍了拍弗雷迪的肩膀,"我看你还是在小个儿那组吧,和灰球、太戈他们在一块儿学得快,也安全。"

"那咱们都靠近场地中央,离得近。"

"好,就这样,我先过去了,你也小心点儿!"

说着,八顿扶着板墙一步一晃地站队去了。

嘟……嘟……，两声长哨响起，奥金和洛林分别在场地中线两侧把各自的小组召集好。斯林则担负起后勤的职责，负责场地的清理、教学道具的摆放。

奥金扫视着大个儿组成员，用球杆在冰面上敲击了三下，冰面发出清脆的声音。"今天是我们的第一堂课，你们都没有滑过冰，那我们今天就练习滑行。今天的目标只有一个，用两个小时的时间，保证大家可以在冰面上向前滑行。"

"太棒了，这么快就能学会呀！"

"哎呀，我的蹄子现在就麻木了，好像已经不存在了！"羚牛鲍比嘴里喷着气，颤悠悠地站在冰面上说。

"大家看好，双熊掌站立与肩同宽，双膝下弯，像我这样，腰挺直，头向前看，蹬冰，换熊掌，蹬冰，再换熊掌。"奥金一边说，一边做着慢动作向前滑去，冰面上留下了两条不断交会又分开的曲线。

等他滑到对面挡墙，又原样滑了回来，这次速度加快了，而且越来越快，马上就要撞上大家了，黑狼奈特和猞猁爸不自觉地向两边躲闪。就在马上要撞上时，奥金忽然来了一个侧身，冰刀一下横过来，在冰面上铲起半米高的冰沫，撒在黑狼的球袜上，然后一下就停住了，鼻尖差点碰在黑狼的头盔面罩上。他眼睛直视着奈特，故意喘着粗气。黑狼回过神来，狠狠地哼了一声："老子就在大个儿组，你休想把我吓唬走！"

奥金呲牙一笑:"有种!想打冰球就得有这股子狠劲儿!"说着一个倒滑外加一个漂亮的转身,把大家都看呆了。

奥金把冰球手套摘下来,放到一边,然后把挂在胸前的哨子拿在左熊掌里,右熊掌用球杆敲击着冰面说:"大家准备好,我吹一声哨,大家就蹬一下冰,一直滑到对面板墙停住。"

随着一声哨响,八顿双臂叉开,身体前倾,眼睛盯着冰面,努力保持着平衡向前滑去。身边不断传来"哎呦""咕咚""妈呀,我的屁股啊!"的声音。八顿哪里顾得上这些,他聚精会神一路摇摇晃晃,居然没有摔倒,安全到达了板墙。

他气喘吁吁地扶着板墙,扭头看看小个儿组,弗雷迪也歪歪扭扭地到了板墙。"弗雷迪,真棒啊!居然没摔倒,我看你速度还挺快。"

"老爸,我发现太戈和灰球他们更有优势。"

"为什么?咱们熊不是最聪明最灵巧的吗?"

"他们有大尾巴!我发现每次他们重心向后要摔倒的时候,都可以用大尾巴支撑一下,他们可真会利用身体优势啊!"

"哎呀,有优势就有劣势。要是被别的动物的冰刀划着了,他们估计都得蹿上房顶。"

"哈哈哈,老爸你说得对!"

"嘟……"又一声哨响,大家要开始往回滑了。老熊信心满满,起步、蹬冰,双臂不自觉地分开找着平衡,过了中间,越来越有感觉。他觉得可以加大点儿力量,就连续两次用力蹬冰,速度一下就起来了。快到板墙了,八顿正得意,忽然觉得熊掌向前滑去,可身子却不自觉地向后倒。

"不好,要坏事!"八顿心里想着,身体不由自主地挣扎着,可越是挣扎越不听话,随着"咕咚"一声巨响,八顿的屁股重重地落在冰面上,接着"咚"的一声,熊头也撞上了冰面,冰球面罩搓起冰沫,粘在了嘴巴上,迷住了眼睛。

"完了！我漂亮的圆尾巴好像被戳进去了，我英俊的熊头上的毛肯定也被搓掉了一块，还怎么找母熊啊！"

八顿想着，好像外界什么声音也没有了。但左侧屁股传来的疼痛却很清晰。

"老爸，你怎么样？"八顿睁开眼，透过面罩看到弗雷迪俯身看着他。八顿在冰上翻了个身，又活动了一下四肢。"哦，一点儿问题也没有。"一边想一边跪在冰面上，摸了摸屁股，接着就晃悠悠地站起来了。

"哎呀，这身护具真是管用啊，我摔得那么重，熊头都撞在冰面上了，居然一点事儿也没有。"

"老爸,真的一点事儿也没有吗?用不用休息一下?"

"没事,就是头撞在冰面上,一瞬间嗡嗡了一下,现在好了。"

"老爸,你刚才没有看到灿烂的礼花在飞吗?"

"礼花?什么礼花?室内哪有礼花?"

灰狼五福阴阳怪气地凑过来,"我说老黑熊,你真是摔糊涂了,礼花就是你眼冒金星啊!"

大家听了哈哈大笑起来。

八顿也笑了,他想一把抓住弗雷迪,没想到弗雷迪一下就躲开了。"弗雷迪,我都摔成这样了,你还说风凉话,看我一会儿回树洞怎么收拾你。"

"老爸,冰上的问题冰上解决,你可以来抓我呀!"

10

熊镇冰球队成立了

两周以后一个周六的晚上，熊镇中心广场三流酒馆爆满，这是多年少见的现象，可把浣熊掌柜高兴坏了，他招呼伙计们不断地从库房里把啤酒、烧酒、果汁和零食搬出来。

　　动物们三三两两地凑成一堆聊着，电视里放着周边镇子的新闻，动物宝宝们在酒吧里四处跑着闹着，浣熊不时地提醒他们别把东西打翻。

　　老熊八顿、虎爸先风、猞猁爸笑面侠还有狼爸、雪豹一家这些猛兽们聚在一堆儿，围坐在吧台前面，喝着大杯的啤酒。八顿对着老哥儿几个说道："没想到，咱们的滑冰水平进步这么快，连那几只北极熊都很吃惊。"

　　"那当然了，北极熊那地界，除了冰就是雪，要不就是大海，他们也就会滑冰游泳。可咱们这儿，有山、有水还有森林，咱们可是经过全方位锻炼的，学滑冰当然快了。"灰狼说。

　　"对呀！要是让北极熊学在山地上奔跑、陡降，他们肯定比咱们学滑冰慢多了。"雪豹爸亮银也插话说道。

　　"还有，现在是冬闲期，咱们除了上训练课，还天天在熊跑溪上练习，能不突飞猛进吗！"

　　"是啊，这次熊镇长也做了点儿好事，他自己出钱给咱们平整出两块冰场，专门给大家玩儿。不过他出门更趾高气扬了，就差把头扬上天了。"

"所以嘛,本来说先练一个月再成立冰球队,现在时间刚过了一半,奥金他们就说咱们的水平可以组队了。还说建队以后再训练两周,咱们就可以和蓝熊镇约一场比赛了。"八顿一仰脖喝干啤酒,把杯子重重地放在吧台上,浣熊赶紧给他续上。

"那敢情好了,现在你看蓝熊镇那帮家伙,整天背着大包,拎着冰球杆玩儿自拍,给谁看呀!等咱们成立了冰球队,狠狠教训他们一下,让他们知道什么才是真正的冰球队。"猞猁爸眯着小眼睛慢悠悠地说着。

"奥金和阿优他们怎么还不来呀？不是说八点要开冰球队成立大会吗？"不知谁高喊了一声。

话音刚落，酒馆的门就被撞开了，六只北极熊、两只马来貘鱼贯而入。大家自动给他们在酒馆中央让出一块地方。阿优把手里的文件夹放在桌子上，捷森也把大提包的拉链打开，里面好像是衣服，不过大家谁也没有问，静等着他们开口。

"大家久等了。我们今天就要宣布，熊镇冰雪俱乐部的第一支冰球队要成立了！"话音刚落，动物们就爆发出热烈的掌声和欢呼声。

"感谢大家这两周的热情参与和对我们工作的支持。现在有个事情要征求一下大家的意见。我们的冰球队要有个名字，我们想了三个备选方案，请大家选择一个。"

"这个主意好！我们自己决定自己球队的名字。"

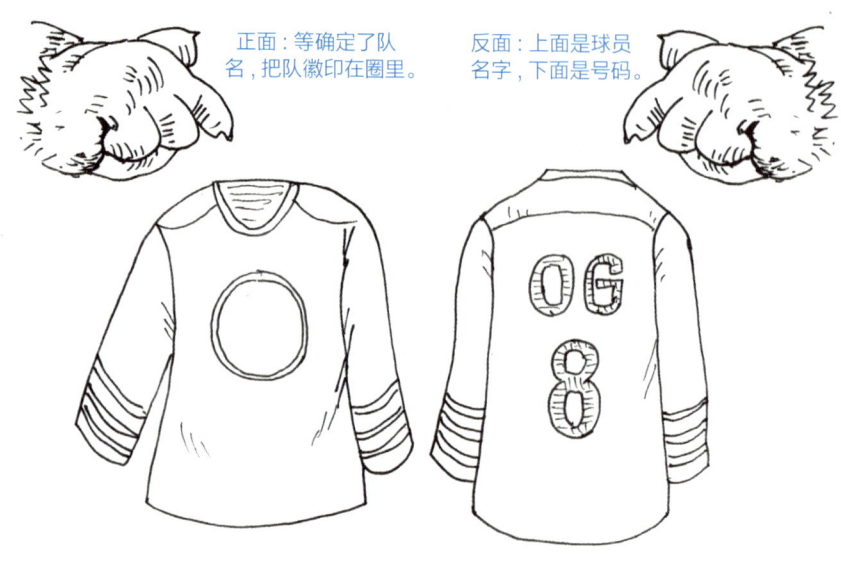

正面：等确定了队名，把队徽印在圈里。

反面：上面是球员名字，下面是号码。

阿优挥了挥握着的一张纸，"这三个名字是刀锋、钢牙和铁蹄！大家说说自己的看法。"

"当然是钢牙了，多厉害，对方听着我们的队名就吓得腿哆嗦。"虎爸先风低吼着说道。

"我觉得铁蹄好，把对手踏在身下，那种感觉才叫棒！"羚牛鲍比喷着响鼻、晃着他那两只向后弯的尖角说着，一只前蹄还不断踏着地板。老浣站在吧台后不情愿地嚷道："我说你这蛮牛，别用你那脏蹄子磨我的木地板，我的木地板可不是给你预备的！"

大家哄笑着，动物们不自觉地被两个名字分成了两派。猛兽们坚持用"钢牙"作为队名，蛮牛们坚持用"铁蹄"作为队名。双方僵持不下，谁也不想让步。

弗雷迪扯了扯八顿的衣襟，"老爸，他们这么争来争去永远也解决不了问题，都想用自己身体的武器当队名。"

八顿看着他们互不相让的蛮横样儿，抬起自己的熊掌看了看，猛地往吧台上一拍，把上面的杯子都震得一跳。老浣打了个激灵，刚要发火，八顿先开口了："我说，你们这样吵来吵去有意思吗？有大牙的想叫钢牙队，有蹄子的想叫铁蹄队，我还想叫铁砂掌队呢。"

酒馆里爆发出一阵狂笑，"我建议叫'后蹬腿'队，我一尥蹶子就把对手踢个后空翻。"野驴嚎叫着。

"那还不如叫藏猫猫队，耍着对手玩儿。"狻猁爸又慢悠悠地说。

"你想和谁藏猫猫，自己的队友还是对方，我看你这辈子也改不了藏猫猫的本性，最好把你藏在守门员后面。"八顿气愤地说。

"这是个好主意，"羚牛鲍比说，"只要对方一射门，我就往旁边一躲，他就成了射击的目标。没两下，他耳朵上的两撮毛就得秃了。"

"好像你能改掉一天吃八顿饭似的？"狻猁爸反击着，酒馆里又爆发出一阵哄笑。

"好了！大家安静一下。"奥金高举熊掌，然后从提包里取出一件衣服，双掌抖开，"看，这是我们的队服，漂亮吧！"

"太棒了！"大伙儿一看，立刻爆发出赞叹声。

这是一件深蓝色的球衣，袖口有三道白色的装饰线条，肩膀和领口是白色的，后面是号码，号码上方是奥金的名字。前胸处则留着一块圆形的白色。奥金指着那块圆形说："等我们今天确定了球队的名字，就把队徽印在上面，就会更漂亮。"

阿优接过话茬儿说:"我看啊,还是叫刀锋吧,冰鞋大家都要穿,刀锋正是冰刀上最显著的特征,刀锋这个名字带着力量和勇气,非常适合咱们的球队。"

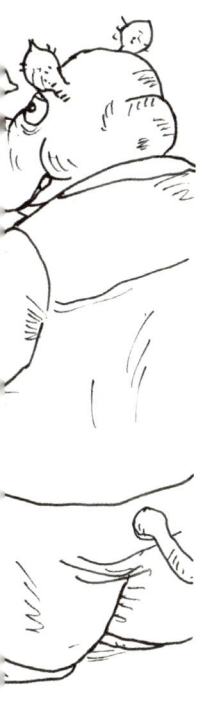

　　大伙儿一下安静下来,八顿和弗雷迪对视了一下,互相点了点头。弗雷迪抢着说:"我觉得'刀锋'这个名字好,大家打球是一个整体,不能分派别,要团结才能打好比赛。"

　　奥金冲弗雷迪挤了一下眼,伸出了大拇指。"看看,这就是熊镇的下一代,确实比你们这些老家伙强。大家还有没有意见?""没有意见!咱们俱乐部大厅悬挂的旗帜就是刀锋的图案,透着勇气、力量和杀气,这才是咱们熊镇冰球队的品质。"八顿附和着。

　　"我有意见!"动物们听声音都非常好奇,扭过头一看,原来是虎宝太戈的妈妈,"我们这些妈妈和姑娘们也想成立球队,这些孩子们也得有个队伍啊,那我们叫什么名字啊?"

　　"叫母老虎队呗。"随着凑热闹的老狐狸的一声应和,酒馆里又爆发出一片大笑声。

　　"笑得我都走不动道了,明天肯定肚子疼。"野猪宝皮朋在一边捂着肚子说。弗雷迪捅了他一下,"别吵吵,快安静。"

　　"这个我们想好了,你们的队就叫熊镇花雨队,宝宝们的队就叫刀锋小子队,大家觉得怎么样?"　　▶▶

"好,太好了!这两个名字起得好,如花似玉像下雨一样,太美了!"

"'刀锋小子'真带劲儿!"弗雷迪和太戈、灰球互相击掌,高兴地蹦着。

"好了,现在我宣布,熊镇刀锋冰球队、熊镇花雨冰球队和熊镇刀锋小子冰球队正式成立了!"

"好!"大伙使劲儿拍打着桌子跺着脚,好像要把三流酒馆的屋顶掀翻。

11

第一堂训练课

"老爸,看!我的队服拿到了,是虎宝太戈早上顺路帮我领的。"弗雷迪在树洞客厅展示着自己的队服。

"我的也有了,也是太戈他爸给我送来的,今天太忙了,都没时间出去。"八顿一边在厨房准备晚餐一边回应着。

"我是8号,我知道奥金打球时穿的就是8号球衣,所以我想和他是一个号。老爸,你是几号?"

▶▶

"我的是 19 号。我倒是没挑,不过教练说我速度、力量、技巧都还不错,他说他们那儿的 19 号一般都是这类球员,所以就把 19 号给了我。"八顿不紧不慢地说。

"明天晚上是组队后的第一次训练,太期待了!听说蓝熊镇的宝宝队水平很高,我们得抓紧训练,争取早日会会他们!"

"我对我们队还是很有信心的!哪个都不是孬种,练几次肯定能把蓝熊镇打败!"老熊八顿信心满满地说完,又舀起一勺子浓汤尝了一口,"好了,弗雷迪,来吃饭吧。"

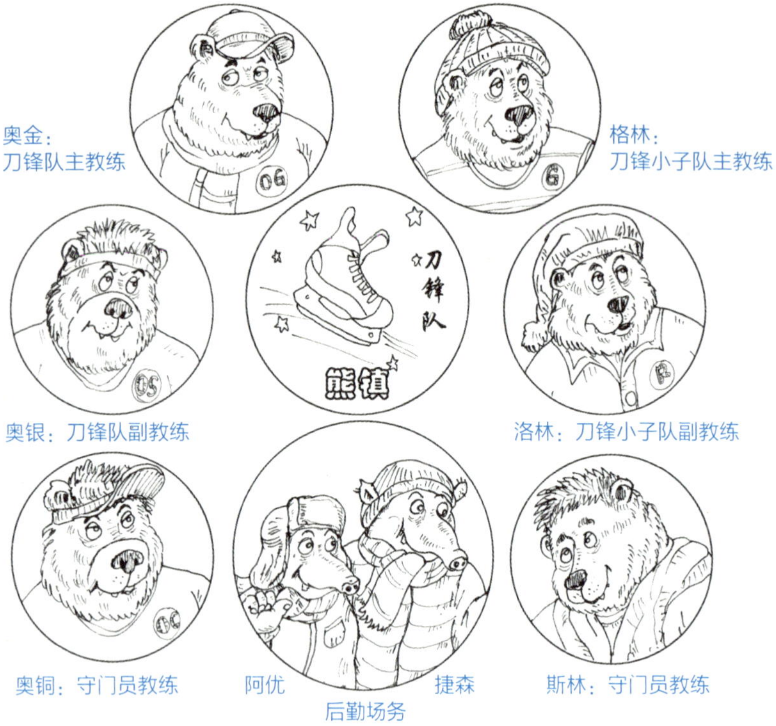

奥金：
刀锋队主教练

格林：
刀锋小子队主教练

奥银：刀锋队副教练

洛林：刀锋小子队副教练

奥铜：守门员教练　阿优　捷森　斯林：守门员教练
　　　　　　　　　后勤场务

　　冰球馆里湿度很大，冰面上起了薄薄的一层雾气，刀锋队和刀锋小子队的队员们分别在两个半场站好队。奥金、奥银是刀锋队的教练，格林、洛林是刀锋小子队的教练，奥铜和斯林是守门员教练，阿优和捷森是后勤场务，教练和管理团队分工明确。

"从今天开始,我们要进行持杆带球练习。"奥金右熊掌握着球杆,胸前挂着哨子,身后冰面上散落着几十个黑色的冰球。"现在,你们各自都拿一个冰球,然后排成一排,间距就按照冰面上的标志。"说着一声哨响,大家兴奋地冲上前,每只动物都用球杆拨了一个冰球滑到指定位置站好。八顿和猞猁笑面侠不停地用球杆左右拨动着冰球。

"嘟……"又一声长哨,奥金双掌握杆,威武地站在冰面上,"大家看着我,嘿,你们两个,先别自己玩儿了,看着我。"他用球杆指着八顿和笑面侠,虎爸先风用球杆打了一下猞猁爸说:"现在你怎么不藏猫猫了?"

奥金接着讲解:"先告诉大家握杆的姿势。一只熊掌握住球杆的端部,记住,要握住最顶端,不要握在靠下的地方;另一只熊掌握着杆身,距离大约与肩同宽。"

"教练,我们没有熊掌,我们是虎爪和狼爪,怎么办?"虎爸先风气哼哼地问。

"你别捣乱,等你当了教练,你就可以说用两个爪子握着球杆了。"八顿不耐烦地说。

老狼和猞猁发出怪异的笑声。

"看好了,像我这样拨球。"说着,奥金转动握着杆头的手腕,不断地左右拨动那个黑色的冰球,速度越来越快。忽然,杆头一抖,就把冰球托了起来,然后上下掂起球来。

大家都看呆了,八顿羡慕地在冰面上敲击着球杆,嘴里喊着:"教练,我们什么时候也能玩儿得这么棒啊?"

"这叫球感,需要大家成千上万次地练习,从量变到质变,这样才能控制好冰球。下面大家来练习一下。"

随着奥金的一声哨响,动物们都低头盯着冰面,用杆头左右拨动冰球,笨拙又缓慢。

"哎呀,我的球跑到你那儿去了,给我拨回来。"

"你怎么老是捣乱啊,你就不能小心点儿。"

动物们弯腰塌背像一队毛球一样,一会儿就气喘吁吁了。

奥金来回在冰面上慢慢滑行,看着大家的动作,"注意,双腿弯曲,腰挺直,不要塌腰,眼睛向前看,不要只盯着球。"

"眼睛往前看?不看球不是更找不着北了吗?"八顿嘟囔着。

"偶尔看一下球就可以了,因为你们以后打比赛,要随时观察场上的情况,只盯着球可不是好球员!"奥金不断地提醒大伙儿的动作要领,球杆不时地在冰面上敲击出清脆的声音。

"我的腕子都快不听使唤了,我说,你的小细腰还吃得住劲儿吗?"八顿转头问身边的雪豹。

"你管好你自己就行了,我好着呢。"雪豹头也不抬专心练习。

"嘟……"随着一声哨响,奥金向对面半场的格林喊道:"休息十分钟,大家喝口水,然后咱们练传球!"

弗雷迪快速滑过来,在八顿面前来了个急停。"老爸,我现在可以连续快速拨球一分钟都不失误,我和太戈还有灰球是队里最棒的!"

"不错,继续加油啊!争取比赛的时候成为主力!"八顿一边高兴地说着,一边把头盔摘下来。他已经满头大汗了,熊毛贴在脑门上,"穿上这身行头稍微活动一下就大汗淋漓,不过真痛快。"他抄起场边的水瓶,咕咚咕咚地喝起来。

"嘟……嘟……"两声哨响,"来来来,大家在球门后站好,咱们开始练习传球。"

弗雷迪和太戈、灰球是一组，三个小伙伴互相击掌。猞猁宝林克凑过来，"我也想和你们一组，其他组的水平没有你们的好。"

灰球把毛茸茸的尾巴一扫，对林克说："你来可以，但不能总站着不动，要跑起来，滑行起来，听见没有？"

"我知道，我跑起来不比你们慢！"

格林和洛林站在场地中央，距离大约十米。洛林不停地拨动着冰球，格林对动物宝宝们说："看我们两个教练的动作，传球时用球杆把球送出去，不是使劲儿击球。接球时要有一个泄劲的动作，把球的冲劲卸掉，球就像粘在杆头上一样，大家看好了。"

说着，他转向洛林，用球杆在冰面上敲击了两下。洛林看到指令，用球杆把球拨到自己的侧后方，然后向前送出球杆，冰球贴着冰面飞速地向格林飞去。格林也不含糊，用杆头在身体的侧前方接触球，然后顺势把球杆向侧后方移动，冰球真像是粘在了球杆上一样，非常顺畅地接住了快速移动的冰球。一秒钟也没有停下来，格林用相同的动作又把球传给洛林，反复几次，速度越来越快，但每一次传球接球都那么顺畅，看得弗雷迪他们羡慕死了。

"现在，大家两个一组练习传接球。"

太戈和弗雷迪快速滑到指定位置，灰球盯了一眼林克，"你怎么还站着不动，快到那边去。"林克听了不情愿地向场地中央滑去。

就听成年组那边咕咚一声巨响，亮银摔倒了，爆发出一阵欢笑，"你的大尾巴也不管用了，可别齐根折弯了！"

"谁让他耍赖皮，用球杆接不住球就用尾巴挡球。"

"胡说，你这只可恶的老狼！要不是你传球不准，我用得着使尾巴接球吗？"

大家一边说笑一边练习，时间过得飞快，两个小时的课程结束了。奥金和格林招呼大家聚集到球场中央，"来来来，大家合个影，刀锋小子队在前面，刀锋队在后面，大家一起喊熊镇加油，刀锋必胜！"

"熊镇加油！刀锋必胜！"呼喊声刚停下，又响起球杆敲击冰面的啪啪声。

八顿把先风他们拉到一边，"咱们明天上午去室外冰场继续练吧，你甭说，还真有意思！"

"好，把大伙儿都叫上吧，整体提高才行！"

12

鲍比牛的"仇家"都来了

"老爸,今天要训练射门了,我们宝宝组已经能打基本的战术配合了,怎么跑位、穿插,底板球怎么处理,怎么减少越位,我们都学了,可期待射门训练了!"

"我穿插跑位的时候怎么总是和他们撞在一起,上次把狼爸撞到挡墙上了,每次他们都埋怨我。"八顿在厨房里忙着做晚饭,情绪有点儿低落,"我在队里水平也就是中下游,比不上虎爸、雪豹、猞猁和老狼他们,这些家伙不知怎么回事,最近进步神速啊!"

"老爸,我告诉过你的,进攻时传球以后要往队友的身后跑位,队友向前带球,你从他的身后绕过去接应他,就不会和他撞在一起了,你怎么记不住啊!"

"哎呀,我一拿球杆带球,脑子里就空了,光注意球了。"八顿懊恼地说。

"老爸,这就说明你的滑行技术还不过关,注意力被分散了。我觉得你还得多练练滑行技术。内刃、外刃的运用,倒滑、转身、急停、变向,这些都是最基本的技术,以后你多练练啊!"

"每次练都摔好几个大跟头,他们老是笑话我,说多亏了熊跑溪结的冰厚,要不然准被我砸出几个大洞了。"

"老爸,你摔跤的动静是大了点儿。不过你要是怕他们笑话不练,就总被他们笑话。刚开始的时候你不是挺有信心的嘛,还鼓励我要坚持呢。现在我的水平在队里可是第一组级别的,你可不能泄气啊!"

八顿听着弗雷迪的话,撇撇嘴,拿起一块白薯干咬了一口。

晚上,来俱乐部冰场的动物格外多。奥金他们几个显然很高兴,"看来咱们的名声越来越响了,你看今天来了这么多动物,更衣室爆满,连冰场挡板外面都围满了。"

一只老狐狸正巧从旁边走过,瞥了一眼奥金,嘟囔着:"别自作多情了,也不看看今天是谁当守门员!"

奥金正摸不着头脑,灰狼和猞猁爸全副武装地拿着球杆从更衣室出来了。

"今天我和虎爸、八顿他们几个都说了,晚上必须来,谁也不许请假!"灰狼脸上带着坏笑说。

"就是,平时咱们想去山上那块开阔地捕猎,鲍比牛和他老婆就冲过来顶咱们,说那地方是他们的领地,不许咱们去。咱们忍了他这么多年,今天可找着发泄的机会了。"猞猁爸笑面侠挥了挥握在爪子里的球杆。

"咱们虽然有一口好牙,可架不住他们个儿大皮厚,斗不过呀!今天可得把吃奶的劲儿都使出来,让这老小子尝尝咱们的厉害。"

奥金他们互相对视了一下,赶紧低头忍住笑,等灰狼和猞猁过去了,才抬起头来,笑弯了腰。

羚牛鲍比已经穿戴上全套的守门员护具,神气地站在球门前。他所有的护具都是加大加厚,专门给守门员打造的,大大的手套简直能把前腿都护住,护腿把后腿包裹得严严实实,防摔裤和护胸也比普通队员的厚实好多。最亮眼的是那个头盔,又大又好看,配上伸出来的两只犄角,造型既威猛又潇洒。头盔上居然画着一头发怒的羚牛,翻着鼻孔,怒睁圆眼,谁也不怕的样子。

"嘟……"一声哨响,大家全部在中线两侧站好,刀锋队面对鲍比牛把守的球门,刀锋小子队面对猪宝宝把守的球门。

奥金站在队员和球门之间,"大家分成两组,分别在场地两侧,右边组的队员拿球向前带,然后传球给左边组,左边组队员接球后射门。大家都完成后互换,左边组传球,右边组射门,听清楚没有?"

"听清楚了,快开始吧,我们都等不及了!"老狼五福发出一声长啸。

奥金忍住笑，吹响了口哨。老狼从右侧快速带球向底线滑行，猞猁爸从左侧启动向球门滑去。老狼快滑到争球点的时候，看了一眼左侧，手腕一抖，冰球就贴着冰面向猞猁爸飞去。猞猁爸也不含糊，调整了一下步子，把球杆向后高高举起，然后大力挥出。球杆和冰球发出响亮的碰撞声，冰球离开冰面向球门飞去，就听"当"的一声脆响，鲍比牛的头盔晃了一下，身体一下子从半蹲变成了直立，黑色的冰球击中头盔后弹起来飞向球门后的护网。

围挡外看热闹的动物都发出了惊叹声。鲍比牛用手套扶了扶头盔，用低沉的嗓音大喊了一声："你们这些猛兽坏蛋，来吧，我才不怕你们呢！今晚不让你们进一个球。"

这羚牛还真有两下子，看来这些天真使了不少牛劲儿，守门的技术练得真不错。不管是高球还是贴着冰面的射门，他都能左拦右挡，高接低阻，一会儿扬起前臂，一会儿一个快速跪地用护腿把球门严密封住，两轮下来，愣是一个球也没进。

虎爸先风拍了拍八顿的肩膀，"我看咱们得来点儿计谋才行！"

老狼、猞猁和雪豹都凑了上来，先风对着他们嘀咕了几句，然后坏笑着站回自己的位置。

随着一声哨响，八顿带球向底线滑去。他的速度明显比老狼、猞猁、雪豹他们慢。刚滑了两步，八顿就把球传向先风。鲍比牛快速从球门左侧移到球门右侧，准备防先风的射门。

只见先风高高举起球杆，迎着球大力挥杆。鲍比牛身体半蹲，右手套握杆，左手套半张着，聚精会神地等着先风的射门。

就在球杆和球接触的一刹那，先风忽然把球传给了八顿。八顿抡起球杆准备射门。鲍比牛一看，右腿一蹬冰，身体一下就滑到了球门左侧，准备快速下蹲迎接来球。八顿大吼一声，球杆带着风声落在冰面上，忽然一转，球又传给了虎爸。鲍比牛还没站稳，一看不好，左腿又是一个蹬冰，要向球门右侧封堵。可来回两次变向，让他硕大的身躯失去了平衡，只听"咚"的一声巨响，鲍比牛仰面朝天四肢伸开重重地摔在了冰面上。但他仍然没有放弃，在空中挥起守门员球杆想阻挡来球。虎爸可不给他这个机会，他灵敏地调整步伐，挥起球杆一个挑射，球稳稳地落在了网内。

老狼他们爆发出欢呼声，使劲用球杆拍打着冰面。鲍比牛翻身起来，气哼哼地嚷道："你们赖皮，说好一边传球一边射门的，你们不遵守！"

"我们怎么赖皮了，八顿传球我射门，一点儿也没错，教练可没说只许传一次！再说了，赛场上哪有这些规定，场上瞬息万变，你得多练练反应速度。"

鲍比牛扔下球杆和虎爸先风撕扯到一起，互相用拳头捶着对方，这边大伙儿起着哄吹着口哨高声喊叫着，生怕他们停下来。

几个回合以后，两只动物重重地摔在冰面上，奥金和斯林快速滑到他们跟前把他们拉开。

鲍比牛喘着粗气说："哼，你们别想欺负我们食草动物，我们也不是吃素的！"

"难道你还吃肉吗？"猞猁爸阴阳怪气地说，惹得一众猛兽哈哈大笑。

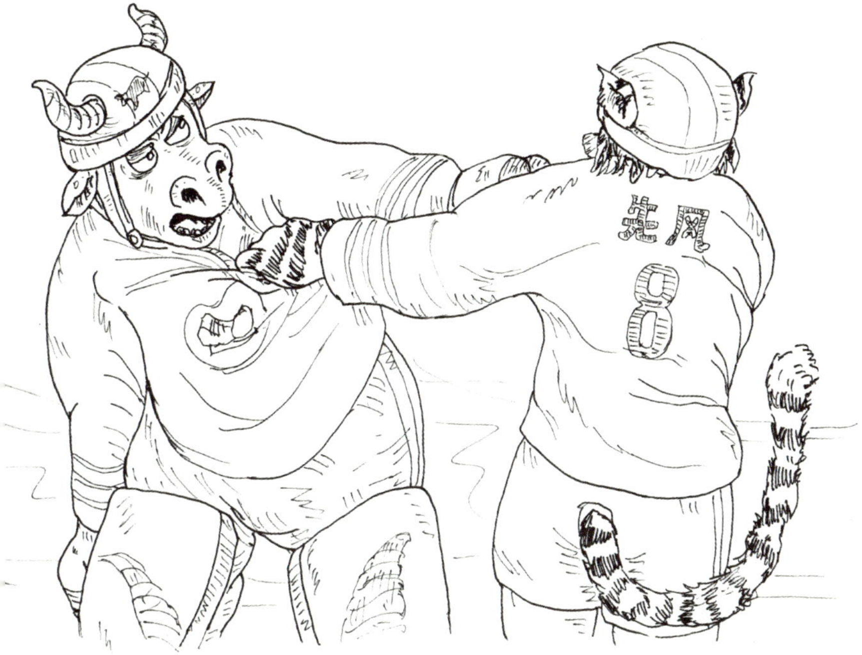

"别再惹我,否则我把外熊镇的野牦牛也叫来,看你们怎么对付。"

"我说,你别把我们之间的小矛盾上升到阶级矛盾好不好,什么我们欺负食草动物了,这话可不能随便说。我们平时上山捕猎,又没影响你的粮草收成,你高抬贵手不就行了吗,干吗仗着身强体壮欺负我们?"老狼不耐烦地说。

"好了好了,不要把场下的矛盾带到场上来。我们上冰就是为了冰球,为了快乐而来!"奥金把抱着虎爸的胳膊松开,斯林也松开了羚牛。

两只动物晃了晃膀子,整理了一下弄乱的运动服。奥金拍了一下鲍比牛说道:"没想到你的守门技术提高这么快,看来很有天赋啊!"又看着斯林说:"你用什么方法练的?分享一下吧。"

斯林看了一眼鲍比,像是在征询他的意见。鲍比牛头一晃说道:"今天都闹到这个份儿上了,也没什么可保密的,说吧。"

斯林看了一下食肉猛兽们,忍住笑说:"其实你们的矛盾我早知道了。所以我们在训练的时候就把球门当成是鲍比的草场,在球门左右两个角拴上一个小猛兽的形象,表示有动物要入侵,这下鲍比就来了精神,左右移动非常迅速,他在保护自己的领地。"

"原来如此啊!"大家不由得瞪大了眼睛。

"那咱们以后练习射门的时候,在球门中央挂上鲍比的画像,一定练得特别起劲儿!"雪豹爸的话引起大家的欢呼声。

"哼,我才不在乎呢,反正有我在,谁也别想把球打进去。"鲍比牛气呼呼地说着。大伙儿哈哈笑着,用球杆轻轻拍打着羚牛,为他的牛劲儿叫好。

13

尝到了下马威

"太戈爸,今天咱们要和蓝熊镇冰球队打比赛了,我昨天晚上都没睡好。真没想到,咱们也能打比赛,而且是冰球比赛,太棒了!"八顿和队员们聚集在熊跑溪的冰面上憧憬着晚上即将举行的比赛。

"听说他们可厉害了,上周他们把太平镇队灌了个10∶0。"雪豹宝灰球说。

"那是太平镇,咱们熊镇可不孬,争取把他们赢了。咱们可叫刀锋队,今天晚上一定要给他们点儿颜色看看。"猞猁爸插话了。

"人家叫猛虎队,标志是一只张着大嘴的老虎,可凶了!"

"外号大牙队!他们再怎么厉害,我们也要有信心,大家加油啊!今天晚上估计全熊镇都会来看比赛的,咱们可不能掉链子。"八顿说着,挥了挥熊掌,"来,咱们再练练吧。"

晚饭后,熊镇的动物们三三两两向熊跑溪边上的冰雪俱乐部走去。

"我看啊,今天晚上的比赛悬了,咱们不大比分输就不错。"

"为什么呀?咱们球队这帮家伙可不孬啊!我们家孩儿他爸可厉害了。"

"不孬,打架争地盘是不孬,可这是比赛,还是冰球比赛,比的是技术,光有蛮力可不行。"

动物们边走边议论,对熊镇的第一次冰球比赛充满了好奇。

八顿和队友们坐在更衣室里换装备,弗雷迪和太戈、灰球、林克、皮朋也挤进更衣室感受大赛前的气氛。

八顿的心里有点儿忐忑,自从上次和弗雷迪说了自己的担心后,他着实加练了不少。但队友们也没闲着,大家都憋着劲儿当主力,这样打起比赛来多风光啊。八顿在队里的水平还是在三、四组之间徘徊,上场的时间会比一、二组少一些。

八顿把运动衫套在脖子上,弗雷迪在旁边帮他拿着头盔。鲍比牛在旁边捅了他一下说:"一会儿在场上你可得帮我顶着点儿,他们的队员要是在门前,你就把他们挤出去,占据门前的位置。"

"知道!你可真啰唆,咱们训练的时候不都是这么练的吗?我不光要把他们挤出去,还要帮你堵枪眼。"老熊用胳膊肘拱了一下鲍比牛。

"你'英勇就义'了,我们也会念你的好。"鲍比牛乐呵呵地整理他的装备。

更衣室的门开了,奥金和阿优走进来,冲大家喊道:"兄弟们,今天是我们的第一场正式比赛,大家打起精神,按下午说的战术安排打。来,大家冰场集合,加油!"

"加油,刀锋必胜!"大家呼啦啦站起来,脚蹬冰鞋,握着球杆,全副武装地向冰场走去。

"哦,我熊爸好威武啊!太棒了!"弗雷迪在场边围挡后不住地欢呼。身边的虎宝太戈、猞猁宝林克、雪豹宝灰球也都情不自禁地为自己的爸爸叫好。

双方队员在中线两侧列队站好，刀锋队队长虎爸先风和猛虎队队长交换了队旗，双方队员用球杆敲击冰面致意，比赛就要开始了。

第一组五名队员和守门员鲍比牛留在场上，雪豹爸来到中圈争球。虎爸是左边锋，猞猁爸是右边锋，两个后卫分别是野黑猪和野白猪。

随着裁判熊的一声哨响，雪豹爸和对方的一只老狼身体半蹲，他们把球杆放在冰面上严阵以待。裁判一只胳膊高举，一只熊掌握着冰球，然后突然向下扔到冰面上，雪豹爸迅速拨动球杆，把球拨向本方半场。

虎爸先风冲上前接住球向右前方冲去，雪豹爸亮银顺势向左侧滑去，右侧的猞猁爸笑面侠向前跟进。先风晃过一个扑上来的对方队员，把球传给笑面侠，猞猁在板墙边接到球冲入蓝线内，毫不犹豫地把球传向左侧亮银一边。

　　可就在雪豹爸马上要接到球的一瞬间，从侧面伸出一根球杆把球截住。猛虎队迅速发起了反击。虎爸来了一个帅气的急停，冰刀在冰面上铲起了一片白色的冰沫，太戈在场下看得真切，他推了一下弗雷迪："看，我老爸多帅！"

　　刀锋队赶紧向自己的半场追去。两只野猪后卫也倒滑着向自己的球门移动，观察着对手的意图。

　　猛虎队可不是吃素的，过了蓝线后一个底板传球，冰球顺着界墙就到了场地另一侧，后面插上的前锋接住球快速向蓝线回传，猛虎队一名队员迎球就是一个大力击射，冰球像一颗子弹一样向球门飞去。鲍比牛抬起胳膊一挡，球一下飞了出去。场下熊镇的观众一片叫好声。

可欢呼声还没落,猛虎队两名队员就冲到底板处,只听咚的一声响,一名队员把刀锋队的野白猪撞到了板墙上,观众发出一声惊呼。猛虎队另一名队员从贴在板墙上的两只动物的冰刀下把球抢下,迅速向球门回传了一个地面球,冰球贴着冰面飞速滑过,等在门前的猛虎队队员一伸球杆,鲍比牛右腿侧滑贴着冰面,也没能挡住对方的垫射。球进了!

猛虎队队员拥抱在一起,排队滑向自己队的队员席,打头的是进球的花斑豹,他们和队员席的队友们击掌相庆。

熊镇刀锋队的一组可沮丧了,比赛才开始一分钟,他们就丢了一个球。

14

八顿的挫折

八顿所在的第三组上场时,场上比分已经变成了3∶0。这时,比赛才开始五分钟。

"八顿,加油!就看你们的了!"

"老爸,你最厉害了!加油!"弗雷迪对着八顿喊道,太戈也跟着一起喊,心里又沮丧又怀着希望。

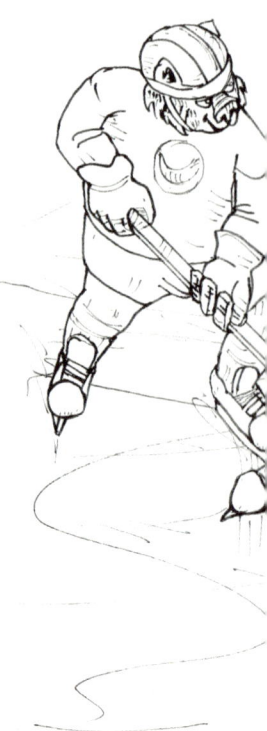

　　一声哨响，争球、滑行、变线、抢球，八顿拿到了他今生第一次正式冰球比赛的控球权。他迅速扫了一下场上的形势，前面两名猛虎队队员向他冲来，右前方灰狼在等待，左侧本方队员还没有跟上。八顿把球向右传给灰狼，然后马上右后熊掌使劲一蹬冰，从左侧绕过了扑上来的两名猛虎队队员，再向前迅速滑去。灰狼这时已经带球进入蓝线，八顿从场地左侧跟进，他用球杆敲击着冰面，喊着："灰狼传球！"

　　还没说完，一名猛虎队队员冲到灰狼面前，灰狼一个闪身想从右侧贴着板墙过去。那家伙也不是吃素的，一个急停加转身，把灰狼撞在了板墙上。两只动物都倒在了冰面上，挣扎着爬起来。刀锋队的棕熊马尔丹迅速赶到，滑行中抢下球向底板冲去，接着一个回传球给已经杀到门前的八顿。八顿毫不犹豫挥杆就射，熊镇的观众们激动地欢呼起来，这可是他们刀锋队的第一次射门。　▶▶

八顿的射门被猛虎队守门员一个劈叉挡开了。熊镇的动物们发出遗憾的叹息。八顿迅速向球滑去,他向右快速倒脚,身体倾斜得很厉害,做出了一个完美的变线转弯动作。

弗雷迪在场下看着,兴奋地大喊:"老爸,太帅了!怎么比平时训练还好!"说着,他晃了晃身边的太戈说:"我熊爸是个比赛型选手,比赛时发挥的水平比平时训练高!"太戈也兴奋地点着头。

八顿离球越来越近，伸出球杆马上就可以控制住冰球，他想拿到球后就来一个急停变向，把追击的猛虎队队员都闪开，再发起一轮进攻。

就在球杆接触到冰球的一刹那，八顿觉得肩膀被狠狠地撞了一下，身体向板墙倒去。他把球杆收回来，努力想控制平衡。可这时后熊掌又被另一个毛茸茸的东西狠狠地扫了一下。八顿彻底失去了平衡，大熊头撞在了冰面上，身体在惯性作用下向板墙搓去，接着后背咚的一声撞在了板墙上。

八顿想站起来，可自己的腰上压了一条粗粗的大腿，那大腿外面是猛虎队蓝色的防摔裤。他想用熊掌推开这条大腿，没想到那条大腿压得更紧了。

八顿觉得自己的头盔被狠击了一下，一股无名火从心底爆发出来了。他使劲儿一翻身，从仰卧的姿势换成趴在冰面上，接着屁股往上一顶，冰刀立在冰面上，腿用力一蹬站了起来。

这时八顿才看清，挣扎着站起来的另一个家伙是猛虎队的一只花斑豹，这家伙扶了扶自己被撞歪的头盔，把球杆和手套都扔到了冰面上。

八顿可不管那一套，双掌横握球杆狠狠地推了一下花斑豹。这一下不要紧，八顿隔着头盔的面罩，看见花斑豹露出了锋利的牙齿。豹子低吼了一声，就和八顿扭打在一起，左右开弓连续给了八顿几拳。

八顿也不是好惹的,他一只熊掌拿着球杆,另一只握成拳头狠狠地击打花斑豹,心里的火气升腾着,把场上和场下的郁闷都发泄在这场打斗中。

两个裁判飞快地滑过来,其中一个死死拽着八顿的球杆,用力把它从熊掌里夺过来。这时八顿和花斑豹的头盔都被打落在冰面上,衣服和护具也被拉扯得走了样儿。他们扭打在一起,身体失去平衡,重重地摔在了冰面上。两个裁判分别拉住他们,往两边分开,然后把这两个大家伙死死按在冰面上,那个带红袖箍的主裁判大声喊道:"住手!可以了!"

八顿喘着气不再挣扎,过了几秒钟,两个裁判松了手,八顿和花斑豹站了起来,互相瞪着对方,向自己的队员席滑去。花斑豹冲着八顿大吼:"你一点儿规矩都不懂!"

八顿回敬道:"你太无耻了,故意给我下绊。"

裁判们滑到裁判席前商量了一下,做出了判罚。花斑豹被小罚两分钟,八顿则被取消了本场比赛的资格,不能再上场。

弗雷迪一下跳了起来,熊镇的观众也觉得不可理解。为什么双方打架,判罚却不一样?

裁判可不理会观众席的骚动,示意比赛继续进行。

15

打架也有规矩

八顿气坏了,奥金让格林把他送回更衣室,他用球杆狠狠地敲打着墙壁,嘴里嘟囔着:"这个野豹子太卑鄙了,我们开了个好头,要不是他使绊,我们这一节能和他们对抗起来。"格林并不说话,只是递给他一瓶水说:"好好休息一下,比赛结束后我们会总结的。"说着转身回到了赛场。

过了一会儿,弗雷迪回到更衣室,八顿冲他挥了挥熊掌,"不用来安慰我,快回去看比赛吧。"

"咱们又被进了三个球,这球没法儿看了,简直就是'屠杀'!

在更衣室不知过了多长时间，八顿听到队员们的冰刀走在地板上的声音，鲍比牛首先撞进了更衣室的门，接着大家鱼贯而入，最后教练组走了进来。

冰球打架有很多规矩。

阿优进来和奥金低声说了几句就出去了。奥金摇了摇头,拍拍熊掌让大家安静下来:"大家辛苦了,第一节比赛大家都付出了最大的努力。但你们也看到了,咱们的实力和猛虎队差距巨大,第一节比分是0∶10。我看大家的体力消耗非常大,很容易受伤。对方的教练组刚才和我们商量,为了避免发生意外,后面两节比赛取消了,今天的比赛结束了!一会儿大家回到场上和猛虎队致意一下。大家不用气馁,这是咱们的第一场比赛,对手就这么强,这不是你们的责任,责任在教练组。我们通过今天的比赛发现了不少问题,今后咱们大家一起努力,两个月以后,熊跑溪上游地区冰球联赛就要开始了,咱们联赛上见。"

"太丢脸了!我第一场比赛就被灌了十个球。"鲍比牛摘下面罩,他头上的毛全被汗湿透了,贴在脸上。

"这不赖你,是咱们水平不行。要不是你发挥出色,咱们还不知被灌多少个球呢!"队长先风安慰他说。

"八顿,你把那只豹子揍得不轻。他太坏了,我们在场下看得很清楚,你要是拿到球把他们甩开,就可以直接面对守门员了。他从侧面阻挡你就算了,关键是还拿尾巴扫你。把你扫倒了不算,他还故意压在你身上不起来。"笑面侠猞猁愤愤地说。

奥金拍拍手说道:"这正是我要说的,我们都知道冰球是高强度对抗项目,冲撞是家常便饭,大家要尽量控制住自己的情绪。八顿,知道裁判为什么取消你的比赛资格吗?"

"不知道,裁判偏心,是不是因为我先动的手?"

"不是因为你先动手。还记得那只豹子是怎么做的吗?"

八顿想了想,"他把球杆和手套都扔到冰面上挑衅。"

"这就是重点!冰球场上不允许打架,谁要打架就会被小罚两分钟。记住,即使控制不住情绪和对手打起来,也不能用球杆,因为这可能造成严重的伤害。八顿,你刚才先用球杆推了对方,所以对方就更火了,你们打起来以后,你仍然拿着球杆,这就是严重的犯规。裁判当然要取消你的比赛资格。"

更衣室的队员们听了,都张大嘴巴不说话了!

奥金看着大家的样子,拍了拍自己的熊头,"这也不怪八顿,我们在训练中没有告诉大家这些,以后训练,我们要练习一下如何在冰上打架。"

"这个主意好,下次再打架的时候,咱们就不会这么吃亏了!"

"那这么说,我还得向那只讨厌的花斑豹道歉了?"八顿撇着嘴说。

"对,咱们对错分明。他犯规受到了惩罚,咱们用球杆打人就得去道歉。"奥金坚定地说。

"八顿,主要是你的尾巴短,没有额外的武器,抢球的时候老吃亏。"猞猁笑着说。

注:冰球比赛有"合法打架"的现象,增加了比赛的看点,但队员们必须遵守"打架"的规则。比如:摘掉手套、不能用球杆。

"好像你的尾巴长似的。"

大家哄堂大笑,雪豹爸用尾巴尖扫了一下猞猁爸的脸,惹得他打了个大喷嚏。

笑面侠冲亮银呲了呲牙,"再来劲就把你的尾巴咬下来。"

大家一下活跃起来,刚才的沮丧劲儿也消去了大半。

双方队员重新回到冰场上列队,猛虎队队员神气的样子刺激着刀锋队的战士们,他们默默地和猛虎队队员击掌致意,紧闭的嘴里钢牙紧咬。

八顿故意排在队尾,等到了花斑豹跟前,他用肩膀轻轻撞了他一下说:"对不住,我刚学冰球,不太懂规则,打架时用了球杆。"他本想会招来豹子傲慢的回敬,没想到,那家伙用毛茸茸的爪子碰了碰他的熊掌说:"没事,我之前和你一样,用球杆把一个家伙的牙打掉一颗,被禁赛了一年,所以今天看到你拿球杆推我,我可生气了。后来才知道你们是菜鸟,也就不那么生气了。"

八顿一听菜鸟这个词,心里好像被针扎了一下!他面对着豹子说:"两个月以后,我们在联赛上见,那时看看谁是菜鸟。"

豹子把头往前一凑,两只动物的鼻尖相对,他瞪着八顿,嗓音低沉地说:"有我们在,你们永远是菜鸟。记住,联赛可是三节比赛,到时候可就不是 10∶0 了。"说完,一扭头和猛虎队一起向更衣室走去。

16

知耻而后勇

八顿是被闹钟叫醒的。

昨晚在俱乐部,教练把大家召集在一起,对当天那节比赛做了仔细的复盘,对每个队员的优点和问题都进行了详细的讲解。教练组并没有对大家提出批评,反而给了不少鼓励,可大伙儿还是心情沉重地散去。

八顿晚上做了个噩梦:他们在熊跑溪上游地区冰球联赛中和猛虎队又分在了一个小组。他们走上蒸腾着雾气的冰面,花斑豹来到八顿跟前,把他毛茸茸的爪子伸向八顿,八顿热情地伸出熊掌去握。这时,那毛茸茸的爪子中忽然像弹簧刀一样弹出两根爪尖,从上下两面钳住了八顿厚厚的熊掌。

花斑豹皮笑肉不笑地说:"好久不见了,菜鸟!今天可是三节比赛,你们可有的忙了。"

八顿刚要反击,只觉熊掌被上下两个锋利的爪尖一捏,一股钻心的疼痛传来,八顿打了个冷战,醒了!

他抬起自己的熊掌,在黑暗中摸了摸,长出了一口气。八顿把熊掌枕在熊头下,大睁着眼睛,脑子里浮现出联赛的场景:观众席上坐满了动物,刀锋队队员们心虚地站在场地中间,对面是耀武扬威的猛虎队。比赛开始了,刀锋队以平均一分钟丢一个球的速度在挣扎,而猛虎队以平均一分钟进一个球的速度在庆祝,比分牌上的比分定格在60∶0,一个不可思议的数字,一个前所未有的比分,一个可以载入史册的纪录,只不过这比分对双方的意义完全不同,一个获得了荣耀,一个却被刻上了耻辱柱。

八顿在黑暗中晃了晃自己的熊头,睡梦中熊掌上的刺痛仿佛又出现了,这刺痛从熊掌飞快地传到大脑,又迅速向下刺痛着他的熊心。

"不行!我们熊镇的名誉可不能毁在我们手里!"他不由自主地喊了一声。在树洞壁龛里睡觉的弗雷迪被八顿这一吼惊醒了,"老爸,我好像听到你做梦吼了一声。"

"不是做梦,我醒着呢!咱们在联赛中一定要打败猛虎队!明天我要召集大家开个会。"

在熊镇的一个个黑暗的树洞、地洞、茅草围成的房间中,闪烁着或蓝、或绿、或橙色的幽光,那是刀锋队队员们的目光。这一夜,好像大山和熊跑溪的神灵都出现了,来唤醒这些平时懒懒散散、大大咧咧、好像什么都不在乎的大块头家伙,唤醒埋藏在他们心底的荣誉感,他们一定有,就在那儿!

三流酒馆今天又爆满了。刀锋队的队员、家属和熊镇的其他动物聚集在一起。队员们围着中间的大长桌或站或坐,四周围着其他动物,大家你一句我一嘴地争论着昨天的比赛。

"猛虎队从去年就开始训练了,他们的水平比咱们高好几个等级,咱们短时间内根本没法追上他们。"

"我特别注意了一下他们的队员组成,大多是老虎、豹子、狼之类的家伙,身体特别灵活,还有大尾巴。"

"对!对!昨天的比赛非常清楚,他们的速度明显比咱们快,转弯时都觉得要失去平衡了,可他们用大尾巴一撑就没事了。"

"还有,最可气的是,我们拼命抢下来的球,他们用大尾巴一扫就给扫走了,这是明显的'不当得利',严重干扰我们用球杆做动作。"

"我觉得还是别参加联赛了,丢不起咱们熊镇的名声。"

大家七嘴八舌地说着,八顿一直不吭声,虎爸先风冲他说:"八顿,我嗓子都喊哑了,你怎么一句话都不说?"

"他还没从昨天的打架中缓过神来呢。"雪豹亮银嘟囔着。

八顿喝了一口啤酒,抹抹嘴,拍了拍熊掌开口了:"你们说的都是实话,但我没听到一个有意义的建议。"

"那你倒是说说呀,咱们怎么能战胜猛虎队?"猞猁爸不耐烦地说。

"我还没想好。"八顿低下头,又不说话了。

"你这只熊真是急死我们不偿命。"猞猁爸不依不饶。

"队长,还是你来说说吧,你在队里水平最高。"鲍比牛不耐烦地对虎爸先风说,"反正我不同意当缩头乌龟,咱们一定要参加联赛,打出熊镇的威风来。"

"别一表忠心就拿我们乌龟说事!"一个声音从桌子底下传来,引起大家一片哄笑,"我们缩头是为了更好地出击,先麻痹敌人,再出其不意致命一击,懂吗?"

大家又爆发出一阵大笑声。

"等等,我觉得我们就是要当缩头乌龟!"八顿又开口了。

"你个胆小鬼,看你那熊样儿!"鲍比牛喷着鼻子瞪着牛眼怒视着八顿。

"你胡说,我熊爸才不是那样的!"弗雷迪对鲍比牛吼道,同时望了望八顿,不知道自己的熊爸是什么意思。

"你这只蛮牛先别说话!乌龟老爷爷说得对,要麻痹对方,然后再出其不意地击败他们!"

"我不是老爷爷,我才一百五十岁,是个少年。"桌子底下又传来一声抗议。

"知道了,千年的王八万年的龟,一百五十岁刚刚是婴儿,行了吧?别捣乱!"

"我给你们出了好主意,你们竟然这样对我,太没良心了!"乌龟说着,慢慢地向屋角爬去。

"八顿,快说说咱们应该怎么办。"亮银着急地问。

八顿看了一眼虎爸,先风对他点了点头。

"好,那我就说说!"

17

熊镇长的作用

在通往熊跑溪上游地区首府的长途车上,熊镇长德尚的脸色很不好,昨天晚上在家里举行的高级酒会被八顿带来的几个家伙给搅和了。

德尚正在和邻镇老狐狸镇长商量春天划分领地的事,八顿领着四五只猛兽闯进了院子。镇长不知道怎么回事,就把这些凶恶的大家伙领到一个僻静的房间,不耐烦地问:"什么事儿?白天不去镇政府找我,晚上来家里干吗?"

"白天去找你了,你不在呀。看门的说你去视察山上的林地和草场了。"虎爸先风说。

德尚这才想起自己白天确实不在。

"快说,什么事?我还有外熊镇的贵客等着呢!"

"事儿不大,但必须你亲自跑一趟。"猞猁爸插了一句。

八顿看了看大家,开始对德尚讲他们白天商量的事情。没等八顿他们你一言我一语地说完,镇长气得挥挥手说:"你们这个事儿,让咱们镇子管体育的老灰狼去不就行了吗!这哪儿用得着我出面,而且我也不懂你们说的这些到底是什么。"

八顿看熊镇长想推脱,也急了,"你和地区动物运动协会的会长是好朋友,咱们又不是走后门,是提咱们的合理要求。再说了,有奥金教练和你一起去,专业的事他来说。"

"不去不去,明天你们找老灰狼,我明天早上和他打声招呼。"德尚说着就要离开。

"咱们熊镇只有一支冰球队,要是我们的成绩不好,年底镇长考核这可是一大项,今年新加的,你是不是忘了?"

看来前面说的话都被风吹走了,就这句话进了熊镇长的耳朵,他马上站住了。转回身走到八顿面前,狠狠地给了他一拳说:"荣誉!咱们熊镇的荣誉!"

八顿不知所措地点点头,不知道这个肥头大耳的家伙要说什么。

"我看了你们那天的比赛,心里太受刺激了!你们的想法很有道理,把材料给我准备好,我过几天就去。"

"不行,明天就得去!"

"还没有轮到你给我定时间,八顿。"

"镇长,我们打听好了,后天要开地区冰球联赛协调大会,如果我们有要求,最晚明天要提交上去,否则我们的要求在这次比赛中就不能落实了。"

"真是麻烦!你们这些家伙什么时候能让我省点儿心。"

　　德尚此时坐在长途车上闭眼想着心事，因为大暴雪，通往地区首府的道路刚刚打通，他不能冒险自己开车去，更不想让他毛手毛脚的司机兼秘书，也就是他的侄子开车。于是他只好坐上了这趟长途车，这趟车只有在每年的工作视察时，他才会登上来坐几站装装样子。

　　"都怪那个讨厌的八顿，还有新增的冰雪运动考核指标。那八顿平时看着挺憨厚，但每次在我不经意的时候就来给我捣乱添堵。上次他因为什么事想求我，就说我有帝王相，我一高兴问他为什么，他胡说我什么大耳垂肩、双手过膝，他那熊儿子接话说那不是大猩猩吗？当时把我气得真想揍他们一顿。"

　　熊镇长、球队经理阿优、教练奥金一行中午时分来到了熊跑溪地区运动协会会长的办公室。

银狐会长热情地给他们让座,接着让秘书把负责冰球的北极熊找来。奥金和那只北极熊一见如故,热情地聊了起来。

熊镇长咳嗽了一下,让大家安静下来。

"说来有点儿不好意思,我这个熊镇的镇长被这两个人绑架来见你,因为他们有个小小的要求,觉得非常合理,希望在明天的地区冰球联赛协调大会上讨论讨论。"

"哎呀,瞧您这话说的!您这可是为民请命呀!"银狐会长展示着他的外交才能。

"昨天他们火急火燎地找到我家去,你也知道,前些天我们熊镇冰球队和蓝熊镇冰球队打了场比赛,我们是新人,输得很惨。通过这场比赛,他们发现了一个问题,当然我们不是为失利找借口啊……"熊镇长滔滔不绝地讲开了。

银狐会长可不想让他抢了风头,他找准时机打断了尚德的话:"当然不是了,你们新人就能发现比赛的问题,说明你们很有天赋啊。这样吧,具体的问题让他们几个具体谈,咱们先到我的花园里走走,我还有别的事想和您谈谈。等晚上我们一起吃饭,饭桌上让他们汇报一下谈的情况,好不好?"

"好好,咱们去你的花园转转。"

晚餐订在一家高级餐厅,会长请客。奥金高兴地说:"感谢会长,感谢大家,我们下午沟通得很好,我们的要求得到了充分的理解,冰球会长同意把这个意见放在明天大会的议程里了。"

"太好了!具体是什么事,让你们惊动品德高尚的镇长亲自跑一趟?"

"就是关于尾巴的问题。"

"什么?尾巴?"

"对,就是比赛的时候,有的队员用他们的尾巴干扰比赛,不当得利,对比赛结果产生了很大影响。我们发现了这个问题,觉得有必要提出来。"

"你们的队员难道没有尾巴吗?"会长疑惑地问。

"我们有是有,但考虑到比赛的公平性,要为那些没有尾巴或短尾巴的动物着想,我们要求禁止在比赛中使用尾巴,尾巴必须放在运动服内。"

"会长,这些细节你就不用费心了,他们决定了就让他们做吧。"德尚不失时机地说。

第二天回程的长途车上,奥金和阿优高兴地谈论着训练的计划。熊镇长没好气地说:"你们倒是高兴了,我的损失可大了!"

奥金和阿优吃惊地看着他,镇长继续说道:"你们谈要求的时候,会长在花园里说,让我把家里温室养的两盆名贵兰花给他一盆。我本不想给,可想到你们的要求,只好忍痛割爱了!这只老狐狸,太可恶,看在多年老朋友的分上,我这次就不跟他计较了!"

"原来如此啊!我说晚饭时会长怎么那么高兴呢!镇长,你放心,我们一定把球队训练好,用成绩来说话!"

"但愿那帮兔崽子能争口气,他们的本事要是和他们的食量一样大就好了!"

18

伤兵满营的极限训练

"灰狼,传球传球!"八顿在球场上呼喊着,不断地用球杆敲击着冰面。他冲到前场由正滑一个转身变成倒滑,接着熊掌快速交叉滑行,从场地左侧迅速倒滑到右侧接应灰狼。

经过一个月高强度的极限训练,八顿和队友们的滑行技术突飞猛进,正滑、倒滑、变向、急停都能在对抗中熟练运用,球杆控球的感觉也提升很快,教练组对他们还是很满意的,队员的宝宝们对他们爸爸的崇拜也是与日俱增。

灰狼并没有给八顿传球，而是把球分给前插的亮银，亮银一个回传球又传回到灰狼球杆下，一下就把防守的猞猁爸晃开了。灰狼向前滑行了一步，挥起球杆就是一个大力击射，鲍比牛一伸前臂，球向八顿的方向弹出。八顿迅速从倒滑转为正滑，用手套把空中飞过来的冰球接住，放到冰面上。他用余光看到对方的虎爸先风从侧后方飞速冲了过来，就突然一个变向，向中场方向转身。刚把身体转过来，左后熊掌蹬在冰面上，冰刀铲起一片冰沫飞在空中，右后熊掌悬在空中，身体与冰面呈四十五度角。

这时先风快速杀到，一个急停就到了八顿的侧面，两个肩膀撞在一起，八顿一下飞了出去，他想用左前熊掌撑在冰面上保持平衡，但无济于事，还是重重地摔在冰面上。

八顿觉得左前熊掌腕子一阵疼痛，"不好，受伤了！"果然，当他跪在冰面上想活动一下左前熊掌的时候，疼得他直咧嘴。

"老爸,昨天训练亮银又受伤了!你的伤还没好,球队又减员了!"弗雷迪在客厅树洞看着电视说。

八顿坐在沙发里(左前熊掌腕子绑着绷带),着急地问:"他是怎么受伤的?"

"自从咱们的要求获得冰球联盟的通过后,他们一直没有找到好办法能让尾巴不干扰比赛。现在就是把尾巴放在防摔裤里。咱们熊没事,尾巴短,雪豹、虎爸他们就惨了,尾巴放在衣服里,一摔跤就会硌一次,这次亮银拼得太凶,摔倒了,屁股撞在板墙上,把尾巴骨撞脱臼了。"

"啊!那得多疼啊!我这些天一直在想这个问题,看来不能把尾巴放在衣服里。"

"那放在外面不是又回到以前了吗?"弗雷迪说。

"要不把尾巴向上翘贴在后背,用胶带粘在衣服上。"八顿说。

话音还没落,电话响了,弗雷迪拿起听筒听了一会儿,放下电话兴奋地对八顿说:"老爸,有好消息了,问题解决了!"

"什么问题解决了?谁打来的电话。"八顿对弗雷迪的回答摸不着头脑。

"就是刚才我们讨论的尾巴问题。各球队都碰到了和我们同样的问题，尤其是那些强队，比如猛虎队，他们联合提出了强烈抗议，说他们把尾巴放在衣服里，第一容易受伤，第二身体无法保持平衡。"

"啊！咱们的提议被推翻了吗？"八顿着急地问。

"当然不是，我们弱队的力量也不小啊，咱们熊镇的声音他们也得掂量掂量。"

"快说，怎么解决了？"

"别急，听我把话说完呀。刚才灰球在电话里说，联盟经过讨论，觉得双方的意见都要照顾，所以做出新规定，可以把尾巴露在外面，但有几条原则，如果违反了就要小罚出场两分钟。"

"什么原则呀？"

"一是不能用尾巴触球；二是不能用尾巴阻挡对方队员；三是尾巴尖不能接触对方队员的面罩，否则算侮辱尊严犯规；四是不能用尾巴做出抽打、挑逗等动作，这属于严重犯规，要被罚下。"

"哈哈哈，这些老虎豹子可得练一练了，他们用尾巴耍赖耍惯了，这下有他们的罪受了！"

"老爸,这个也在意料之中。"

"怎么讲?"

"冰球谁打得最好?"弗雷迪问八顿。

"当然是北极熊了!"八顿不以为然地说。

"那不得了吗?谁打得好谁就有话语权。北极熊和咱们一样,都是短尾巴。他们肯定会向着自己呀!"

"也是啊!不过你怎么不早说,现在有结论了才说。"八顿不怀好意地说。

"哎呀,老爸,我取得一点儿成绩你不鼓励,总是说泄气的话!这是典型的熊镇家长作风!"

"弗雷迪,别给我扣大帽子。现在咱们最急迫的是想想怎么训练,离比赛越来越近了,伤员还那么多。"

"老爸,幸亏你这伤不是很厉害,一周以后就能训练了。"弗雷迪显得有点儿着急。

"是啊,大家训练太刻苦了,教练给咱们制订的训练计划也太魔鬼了。早上做工前要训练一个小时,我平时7点起床,现在5点就要起床。下工后还要训练两个小时,一周五天。"八顿皱着眉头说,"周末也不让休息,两个下午都在训练!好几次结束得晚,都没时间做晚饭了。"

"我觉得我受伤就是因为太累了,腿没劲儿,教练应该让我们休息休息。"

"老爸,你不要自己有问题就赖教练。教练说训练很苦,让你们晚上几点睡觉?"

"十点啊!"

"那你几点睡觉?每天都十一点以后才睡,对不对?好几次我睡了一觉醒了发现你还在看电视,对不对?"

八顿摸了摸脑袋,不再说话了!

"老爸,咱们的水平,就这么训练还不一定能打败猛虎队呢!"

"这个我们都知道啊,所以没有一个队员缺席的。我们都商量好了,每次训练都当成是和猛虎队在打比赛。"

"除了这个还不够啊!还要更严格地遵守纪律,身体是比赛的基础啊!你们训练的时候我和太戈、灰球、林克他们都在,奥金教练每次都强调训练纪律、生活纪律,可你们在生活纪律方面太散漫了!"

弗雷迪忽然想起了什么,兴奋地说:"阿优说了要采纳你的乌龟战术,咱们这个魔鬼极限训练计划要严格保密,不能让别的队伍知道,尤其不能让猛虎队知道。不仅如此,还要让熊镇长去别的镇子谈事的时候,放出烟雾弹,说咱们的水平很差,又有很多队员受伤不能训练,他这个镇长对取得好成绩不报任何希望,我们熊镇就是重在参与。"

"嗯,这个熊镇长在行,他说大话和瞎话从来不脸红,比真的还真。"八顿说完父子熊都开怀大笑。

"看来现在的关键是大家都快点儿把伤养好,另外别再有受伤的了。"弗雷迪着急地说。

"可有什么好办法呢?"八顿愁眉不展。

"我有!我现在就给太戈、灰球和林克他们打电话,让他们严格监督他们爸爸的作息时间,晚上十点必须熄灯睡觉。"

八顿听弗雷迪这么说,重重地叹了口气。

19

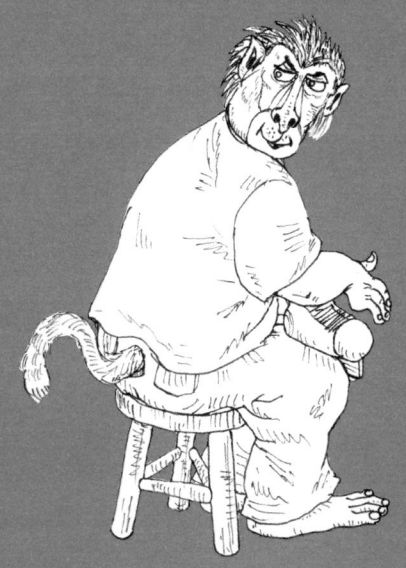

后勤保障全出动

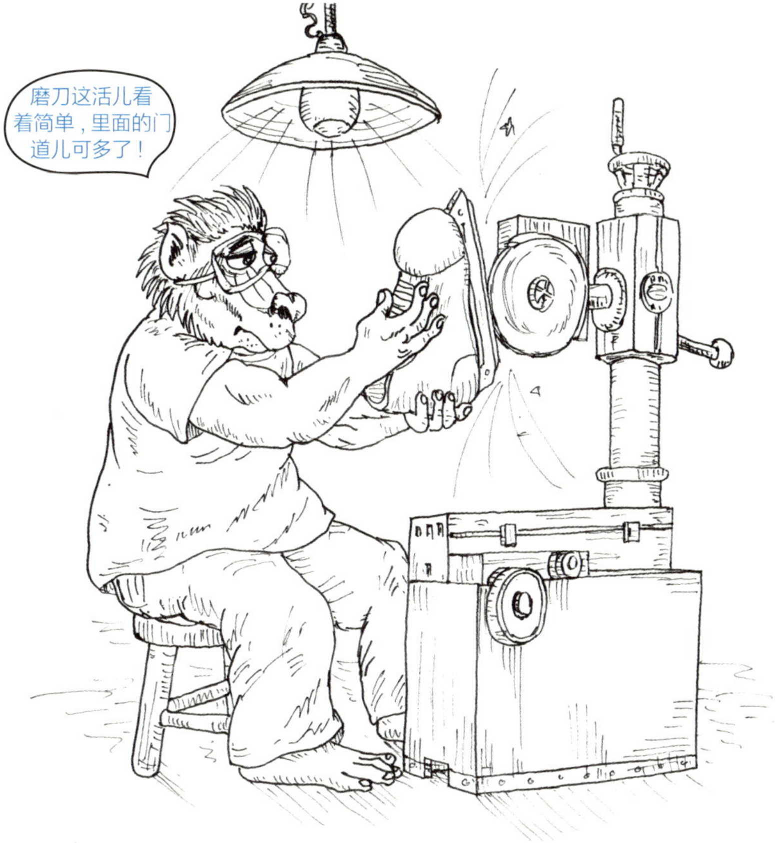

磨刀这活儿看着简单，里面的门道儿可多了！

一盏吊灯在磨刀器上空孤独地亮着，灯下一只老猕猴戴着护目镜，把一只冰鞋慢慢靠近磨刀器飞速旋转的砂轮。他聚精会神地用砂轮从冰刀的一端滑到另一端，一串火星随着摩擦声向前飞出。

老熊八顿和虎爸先风坐在老猕猴侧后方的灯影里，沉默地注视着飞溅的火花。每当这个时候，八顿就觉得心里特别宁静，砂轮和冰刀的摩擦声加上黄色灯光下的火星，让这间装备室有一种神圣的感觉，好像在积蓄着一股无形的力量。　▶▶

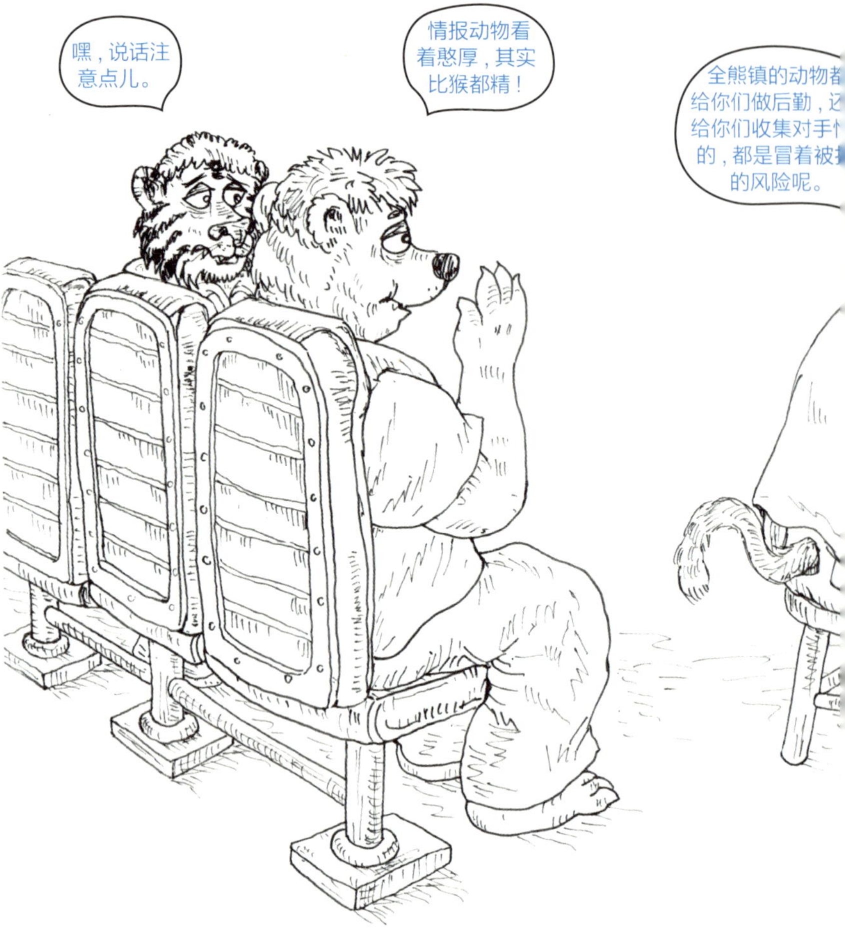

"八顿,最近来我这儿磨刀的频率可真高啊!是以前的二到三倍。"老猕猴磨好了一只冰鞋,用爪子在刀刃上试了试,满意地点了点头。

"那当然了,我们一天双练,冰刀两三天就得磨一回,要不然蹬冰蹬不上劲儿。"

"我说你这老猴子是怎么学的这手艺？之前那家伙磨的刀，就是没有你磨的穿着舒服。"虎爸先风说。

"磨刀这活儿看似简单，但要想真正磨得好，就要用心。是要根据你们每个人滑行的特点来磨。比如你八顿，外刃用得比别的动物狠，先风你内刃用得比八顿多，这在磨刀的时候都要考虑。我以前可是给北极熊他们磨刀的，现在岁数大了，职业队干不了了，你们的教练奥金就让我来熊镇了。"

"这里的学问还这么多呀，怪不得！现在离联赛越来越近了，你来得正是时候！"

"现在全熊镇的动物都在给你们做后勤，你们每天都不用自己做饭了，熊镇专门给你们订了餐。运动装备也不用你们自己拿回去清洗了，河狸家族都给承包了。还有搜集情报的，找了些看起来憨憨厚厚的家伙，有的装成推销的，有的装成送货的，混进其他队里刺探情报，你们已经看了好几个队的训练和比赛录像了，都是他们冒着被打的危险偷偷录的。"

"看起来憨厚，其实比猴儿都精……"八顿还要继续往下说，被虎爸捅了捅腰，忽然意识到说走嘴了，不好意思地看了老猕猴一眼。　▶▶

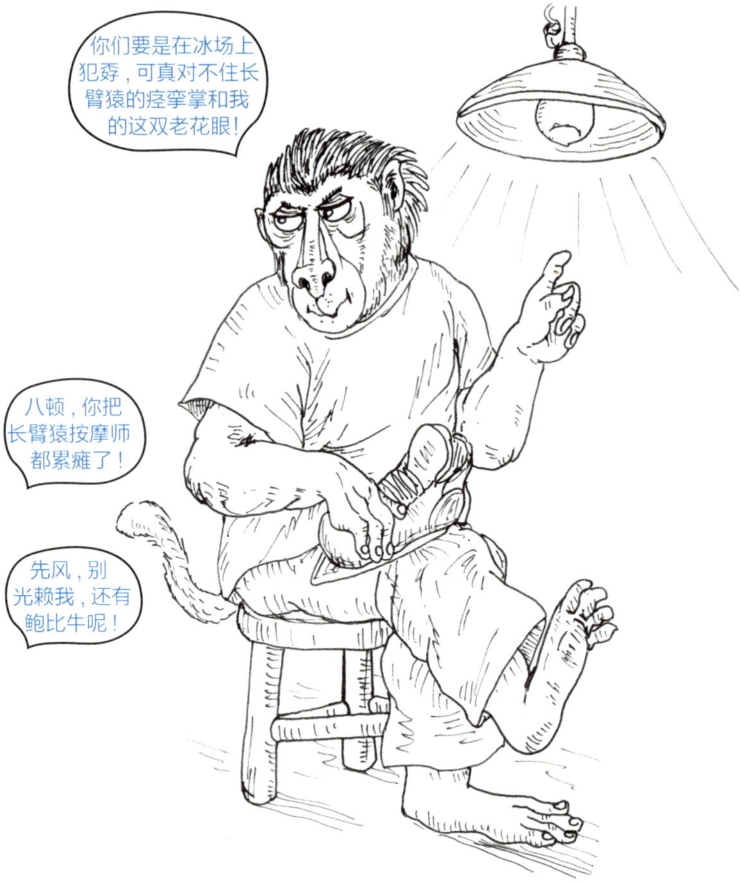

"我们猴儿才憨厚呢,这叫物极必反,懂吗?"

"嗯嗯,你说得有道理,我们老虎才善良呢,可我们总被大家误解。"

老猕猴没抬头,眼皮上翻瞪了一下面前这两只壮实的大家伙。

"这次连熊镇长这只铁公鸡也拔了毛,请了按摩师每次训练后给我们按摩。"虎爸说。

"他才舍不得再拔毛呢,那就是他家的按摩师,估计就多付了点儿工钱。不过,让这长臂猿按按倒是真舒服。"看来,八顿对熊镇长意见大了。

"对了,交给镇长的任务他好像完成得不错。为了麻痹别的队,到处说咱们水平差、脑子不灵、身体笨,怎么训练都不长进。"虎爸先风打着哈欠说。

"哼,他可算找着机会骂咱们了,心里可舒服了,还不定说得多难听呢。"八顿挥挥熊掌不以为然地说。

"你们两个别在我这儿等了,我磨好后放在更衣室,保证你们下次训练时能穿上。"老猕猴看他们两个面露疲态,劝他们早点儿回家睡觉。

"对了,说起按摩,今天长臂猿怎么没来?"八顿忽然问起来。

"也许熊镇长家有需求,过不来呗。"先风猜测着。

老猕猴在灯下抿着嘴笑了一下,赶紧忍住,又不怀好意地瞟了他们一眼。八顿看到了,把熊头伸到灯下,对着老猕猴说:"老猴子,你肯定知道内幕,快说。"

老猕猴故意眯起眼专注在冰刀上,"我哪知道什么内幕,我很少到你们更衣室去。"

"你很少去更衣室,但长臂猿可常到你这儿来呀。"

"快说!"虎爸也凑过来,嘴角向后一咧,露出了锋利的牙齿。

"你这微笑的样儿怎么那么恐怖呀!我今天算是知道笑面虎是什么意思了!"老猕猴盯着虎爸,左爪一按开关,把砂轮停转,坐直身子,目光从虎爸脸上转到了八顿的熊脸上。

"长臂猿是被你累坏了,双掌痉挛,今天说什么也来不了了。"说着,捂着嘴又笑了起来。

"和我有什么关系?我又没让他多按,队里有规定,每只动物按半小时,我可一分钟都没占便宜。"

"你是没占便宜,但你毛多皮硬肉厚,他给老虎豹子按两个小时都没给你按半小时累。你还一个劲儿地说使劲儿,怎么一点儿感觉也没有,是不是?"

"哈哈,对,他就是这样,一个他一个鲍比牛,我说长臂猿怎么每次都躲着这两位,原来是有苦难言啊。"虎爸先风这下来了精神,一点儿也不困了。

"你别捣乱!不光是我的问题,还有鲍比牛呢!"八顿不服气地说。

"行了,你们就别说了,全熊镇现在都围着你们转,知足吧,你们要是冰场上犯孬,那可真对不住长臂猿的痉挛掌和我的这双老花眼!"

听到这些话,八顿和先风沉吟了一下,慢慢从灯下退出各自的脑袋,重新回到阴影里,对视了一下,呲出了锋利的牙齿。

20

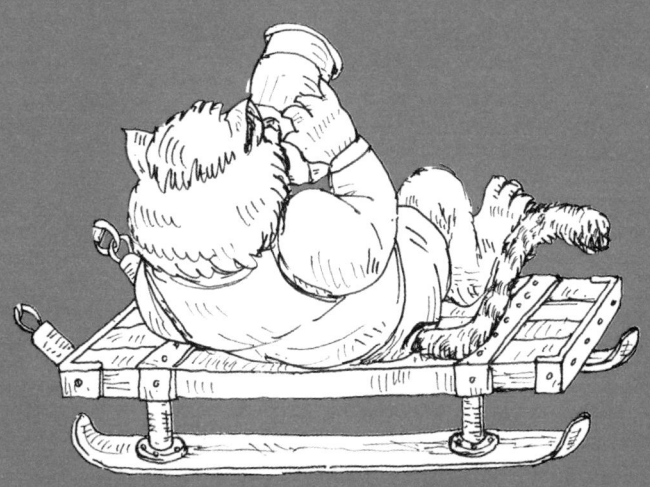

刀锋初现

冰面以上10厘米浮着一层白色的雾气,让整个冰场有种神圣的感觉。冰场没有动物时经常会这样。狸猫趴在冰面上一个带辘轳的平板车上,支上一个小型摄像机,在冰场挡板的开口处等着。平板后面一只盘羊穿着冰鞋,脖子上套着一根绳子,绳子的另一头拴在平板车上。

"啪"的一声,挡板门一下被推开,一只冰鞋从挡板后一下跳到了冰面上,接着另一只也跟着落在冰面上,其他冰鞋随后也纷纷从挡板后落在冰面上,快速向场地中心滑去。盘羊拉起平板车跟随在滑行者一侧,狸猫在平板车上用摄像机紧盯着冰刀在冰面上的滑行。随着滑行的刷刷声,狸猫从趴在平板车上逐渐翻转身体变成仰着,摄像机从冰刃慢慢上升拍到了一群威武的刀锋队战盔。 ▶▶

"停！"狸猫挥爪喊了一声，他抖了抖身上脸上被冰刀溅起的冰沫，从平板车上跳下来，满意地一下一下出溜到场边，接上电脑，看起了回放。"这个长镜头太棒了，镜头从咱们刀锋队冰刃的力度和锋芒开始，逐步切换到头顶，这里的含义就是登顶冠军。我们队的宣传片一定是最棒的！"

"辛苦了!今天的拍摄到此结束,现在轮到他们训练了。"球队经理马来貘阿优说。

"嘿,片子剪好了先给我一份,我家虎宝可盼着呢。"

"别急,明天出小样,大家提提修改意见,再配上音乐和字幕就行了,这周就要送到冰球联盟去。"

"嘟……嘟……"几只北极熊教练吹着口哨把大家召集到场地休息区。奥金站在冰面上,手里拿着一块战术板,布置今天的训练任务。

"今天还是分红蓝队打比赛,记住我们最近几堂课强调的,防守时不要只盯着球,要观察自己区域里对手的情况,要动物盯动物。抢球不要扎堆,要一个去抢,其他四个队员注意区域防守。头要不停地转动,找对手,盯住他。记住,时刻给对手压力,不让他们舒服拿球。"奥金用笔在战术板上飞快地画着。

"进攻时一定要动起来,不停地穿插滑行,这样才能给持球的队友拉开传球和前进的路线。在自己的球门后面拿球后,可以停一下,等对方球员来抢球,这样再发动进攻时对方有一个球员在我们的身后,前面的防守队员就少了。"奥金画满了一块板,奥银就递过来一块擦干净的板,战术讲解环节大约十分钟,队员们单腿跪在冰面上,双掌把球杆斜撑在冰面上,围成半圆形认真地听教练布置战术。

"好了,现在开始对抗训练,我带蓝队,奥银教练带红队,奥铜教练是裁判。记住我们一节比赛0∶10的耻辱,每一次训练赛都是在和猛虎队比赛,开始!" ▶▶

"动起来！动起来！"虎爸先风率领的蓝队在进攻，他快速带球前进，猞猁爸和棕熊马尔丹在前面来了个交叉换位，先风把球通过左侧板墙传给马尔丹，红队的雪豹爸亮银冲过来阻挡，马尔丹一个急停拿到球后向自己的半场带了两步，突然右腿横着向板墙一转，球杆顺势一带，球擦着板墙来了个一百八十度变向。马尔丹左腿跟上，和右腿来了个交叉，一个漂亮的转身就把亮银甩在了身后。他抬头看了一眼，先风已经到了球门前方。马尔丹球杆快速一拨，球贴着冰面向先风滑去。

八顿看得清楚，绝对不能让先风拿到球，他从球门右侧猛蹬几下冰，一下就到了先风的前面，一伸球杆接住球，猞猁爸这时从八顿的右侧杀到，贴住了他。只见八顿双腿分得大大的，不让猞猁爸靠近，然后左膝快速下沉贴在冰面上，右腿蹬冰，身体以左膝盖为轴画了个大大的弧线，绕过了虎爸，也完美地甩开了猞猁。接着右腿一蹬，左膝离开冰面站了起来，一下就到了球门后面。

"啊，太棒了，这个单膝着地护球转身的动作太完美了！"虎宝情不自禁地摇晃着弗雷迪的肩膀。平时表情严厉的奥金站在场边的木台子上，也不由自主地露出了微笑。球队这样的滑行技术在冰球联盟中也算是可圈可点了，有了滑行技术做基础，战术配合才能打出来。奥金和奥银对视了一下，满意地点点头，他心里更有信心了，看来刀锋队真的亮出了刀锋！

21

第一场真正的较量

"嘟……"，裁判口中的哨子长长地响了起来。八顿和山林镇魔鬼队的花斑豹滑到了中圈争球点，两只动物透过头盔的金属面罩盯着对方的眼睛，八顿微微眯着眼，扬起下巴，蔑视地对豹子说："小心你的小蛮腰！"

"我们也想一节灌你们10：0！"花斑豹可一点儿也不示弱，看来两个月前刀锋队和猛虎队比赛的比分，全熊跑溪上游地区都知道了。

"嘟……"，又是一声哨响，雪狐裁判高举前臂，左右扫视了一下全场。八顿和花斑豹同时弯下腰，熊掌和豹爪握住球杆的前部，聚精会神地等着裁判把冰球扔到冰面上。

"太紧张了！我都能感觉到自己的心跳。"弗雷迪对虎宝太戈说。▶▶

太紧张了!

"现在空气好像都凝固了,冰上掉根针都能听到。"太戈的虎头紧贴在冰场的玻璃挡板上,紧张地看着场地中央。

刀锋队的队员坐在队员席里,身前竖着球杆,目光犀利地盯着冰场上的一举一动。奥金、奥银和奥铜身着西装站在队员后面的教练席上,一脸严肃地来回走动。

这是熊镇刀锋队在熊跑溪上游冰球联赛的第一场比赛,对队员的士气至关重要。赛前教练组虽然收集了魔鬼队和其他队的资料,但对方是不是也像刀锋队一样故意隐藏了实力,教练组心里也没谱。所以他们制订了详细的计划,这第一场比赛必须拿下。

"啪"的一声,雪狐裁判爪子里的冰球落到了冰面上,两根球杆快速拨动,都想把球控制在自己一方,空气中回荡着球杆碰撞时发出的清脆响声。球向刀锋队半场滑去,老狼五福接住球倒滑了两步开始发动刀锋队的第一波进攻。

狸猫在场边用爪子举着一个相机,脖子上还挂着一个,聚精会神地拍下了刀锋队这一历史时刻。球很快通过了蓝线,刀锋队五名队员频繁交叉换位,瞅准空当,猞猁爸一个大力击射,冰球离开了冰面,向球门左上角飞去。

站在守门员面前的八顿见状一侧身，接着抬起球杆，冰球像子弹一样撞在了球杆上，一下变线折向了球门的左下角。魔鬼队猩猩守门员的视线被八顿宽厚的身体挡住了一半，他伸开的右臂还停留在空中时，冰球已经向球门左下角飞去，他一个"一"字大劈叉，冰鞋的刀刃在球进入球门前的一刹那顶在了球门立柱上，冰球被弹到了球门后。

　　观众席上爆发出一阵惊呼，魔鬼队队员绕到球门后挥杆把球打向刀锋队半场，猞猁爸接住球，带球到自己的球门后站住，双方队员趁机进行换组，一组下场，二组上场。新的一轮进攻开始。

"那猩猩手脚够灵活的,我这一杆变线眼看就要进了,还是被他挡了出去。"八顿坐在队员席用球杆狠狠地戳着地板。

"咱们的配合和滑行都比他们好,开始还是有点儿紧张,再上场就会放开了,今天我们一定能拿下比赛。"老狼五福说着,把饮水瓶的长管子穿过金属面罩伸到嘴里,喝了一大口水。

"三组,准备上场,注意防守,要区域盯防,一对一盯住他们,注意力要高度集中。亮银,你要发挥你的速度优势,大家不要犯规,别给对方'多打少'的机会。"奥金站在队员后面不停地大声布置着。

时间一分一秒地流逝,"当"的一声钟响,第一节比赛结束,场上比分 0∶0。对于这个比分,教练组还比较满意,这毕竟是刀锋队的第一场正式比赛,和两个月前的零基础相比,他们的进步是巨大的。队员们陆续回到更衣室,在板墙下坐好,工作人员帮队员们整理着装备,为他们递上毛巾和水瓶。奥金站在房间中央,怒目圆睁,双掌有力地拍了几下:"大家对第一节比赛有什么感受?有信心!对不对?我们通过两个月的刻苦训练,今天场上的水平已经在魔鬼队之上了。我们在后两节的比赛中需要的是放松心态,紧张已经不属于我们了,让魔鬼队紧张吧,我们带着信心干掉他们,把胜利带回熊镇,今天一定能做到!"

"干掉他们!加油!"队长先风带领大家呼喊着。

　　重新上场的刀锋队加大了进攻的力度和速度,他们更自信,更敢于控球,更敢于冲撞和抢断。但魔鬼队也不是好惹的,这支熊跑溪左岸的球队也是联赛的一支劲旅,普遍认为他们将以左岸第一名的身份和右岸第一名争夺总冠军。第二节比赛结束,场上比分仍然是0:0。

"嘿，他们用尾巴干扰！"猞猁爸在场下大喊着，刀锋队队员用球杆敲击着地板，发出咚咚的响声，表达抗议。进入第三节比赛后，刀锋队逐渐掌控了场上的局面，他们的体力更充沛，四组队员的实力更平均，这迫使魔鬼队不得不用犯规来阻止刀锋队的进攻。这时场上的马尔丹已经和魔鬼队的花斑豹扭在了一起，那家伙刚才在自己的守区被马尔丹侧身晃过，马上要形成极有威胁的射门。他情急之下用尾巴狠狠地扫了一下马尔丹的面罩，马尔丹猝不及防，一下摔倒在冰面上。

主裁判高举起前臂吹停了比赛。另两名裁判快速滑过去分别抱住马尔丹和花斑豹，使劲儿把他们分开。

花斑豹被判小罚出场两分钟。奥金瞟了一眼场上的计时钟，距离比赛结束还有 5 分 20 秒。他迅速做出调整，把二组的虎爸先风留在场上，其他队员撤下，一组上场，这样进攻的实力就增强了，他们要抓住五打四的机会，争取进球。

八顿从队员席翻过挡板跳到冰面上，滑到先风跟前，"我来争球。"

"好的，一会儿我在门前，猞猁在外围，老狼五福和野猪爸大牙在边路，咱们把球控制好，多拉开找空当。"

在魔鬼队门前左侧的争球区里，八顿和对方雪豹遇上了。他们凶狠地对视了一下，谁也没说话。两只动物都做好了争球的准备，豹子刚把球杆放到冰面上，雪狐裁判就把冰球扔在了发球点上，随着一声清脆的球杆撞击声，黑色的冰球滑向野猪爸。他上前一步把球传给蓝线上的猞猁，猞猁用球杆左右拨动着冰球，魔鬼队的四名队员不断滑动，紧盯着刀锋队的队员，他们现在少一名队员，不敢轻易扑上来抢球。

"啪"，猞猁看准空当一个直传，球贴着冰面急速飞向虎爸先风。魔鬼队一名队员快速靠拢过来，先风背对球门，接住球马上向左后方一拨，八顿在球门左侧接住球，一个倒滑加转身从球门后绕过，直奔球门右侧。魔鬼队守门员一个蹬冰，快速移动到右侧，两名魔鬼队队员也跟着过来封堵八顿的路线。

八顿看偷袭球门右下角不行，快速蹬冰到了球门右侧三米的位置，一个斜传把球回传给右侧蓝线处的老狼五福。这时魔鬼队的防守重心已经到了右侧。老狼根本就没停，一挥杆传出一记横传球，瞬时球就到了左侧。野猪爸挥杆就射，猩猩守门员挥臂把球挡出，球在半空中忽忽悠悠地打着转，虎爸先风挥起球杆把它砸向球门。那猩猩还真有两下子，全力伸出右腿，一个侧滑就把球封堵出去了。

这时门前有四五根球杆在抢球,还没等猩猩站起来,八顿在球门右侧把球向左侧一拨,虎爸在球门前眼看着球滑出自己的控制范围,他脚下一蹬冰,身体横着向冰球扑过去,双爪握着球杆,眼看球就要溜走的一刹那,挥杆把球拨向球门左下角。猩猩在球门右侧已经来不及滑过来,他一个后仰,尽全力展开长长的手臂,向球门门柱靠近。但是,只差一厘米,冰球在手套前慢慢地滚进了球门。

先风趴在冰面上向前滑去,他一个鲤鱼打挺站起来,右腿高高抬起,同时右臂高举球杆,在球门后绕了一个漂亮的弧线。八顿、老狼、野猪和猞猁冲上前去,拥抱在一起,这是刀锋队的第一个联赛进球。

终场哨响,全场比赛结束,刀锋队队员从队员席跳到冰场上,大家把头盔、手套纷纷扔到冰面上,快乐地拥抱在一起。

弗雷迪和太戈在场下蹦着跳着,高兴得忘乎所以。"你虎爸进球了,这是我们熊镇刀锋队的第一个进球,也是胜利的进球,太棒了!"

"你熊爸也有一次助攻啊,没有他的传球,我老爸也进不了球。"两个小伙伴热烈地讨论着。

这时,熊镇长出现在了冰面上,他和每个队员握着手,还不断地向观众席挥手致意。"看,一到这个时候他就来了。"弗雷迪不屑地说。

"他在迷惑敌人方面还是立了功的,后勤方面做得也还凑合,他们家的长臂猿按摩师不是让你熊爸和鲍比牛给练残了吗!"

"哈哈,那就让他在场上风光风光吧。"

22

决战前的紧张气氛

周五上午,刀锋队的会议室里气氛凝重,后天就是联赛的总决赛,一场定胜负,比赛地点在熊跑溪上游地区首府中心球场。奥金一脸严肃地站在冰球模拟沙盘前,旁边是教练组的其他五只北极熊。屋里的白板上列着每个组伤员的情况。

现在的情况不容乐观,虽然我们的大部分主力上场没问题,但从对方的情况来看,他们的主力伤病也不多。"

"这确实是场硬仗,不知道之前0:10的比分对咱们的队员影响有多大?虽然他们都说不怕对方,但心里可能多多少少没有底。我们也看了猛虎队的全部比赛,水平在我们之上,尤其他们的一组和三组,是得分的主要来源,我们得有相应的对策。"格林拿着一个小本子说。

（对方是最强的对手，战术推演更重要。）

（我们要把可能面对的形势都推演一遍。）

"辛苦你们了！这些天你们三个一直奔波在其他队的现场，又录像又记录，情报收集得很全。"洛林和斯林听奥金这么说，挥了挥手说："应该的！"

"斯林，你要格外注意一下鲍比牛的状态，对手实力这么强，守门员的状态对球队来说太重要了。"

"好的，这些天我一直按计划进行训练，同时注意他情绪的变化。"

走廊尽头的装备室里，刀锋队的队员们三三两两或站或坐，猕猴聚精会神地磨着冰刀，驯鹿把每个队员的护具、球衣整理好后再仔细检查一遍。

"嗨，你这该死的蛮牛，决赛才是对你真正的考验，别关键时刻掉链子。"老狼五福对身旁的鲍比牛说。

"你昨天训练时被撞得前仰后合，跟喝醉了似的，你还是管好你自己吧。"鲍比牛一边说着一边不断地伸展着四肢做着扑球的动作。

雪豹亮银坐在角落里一声不吭,毛茸茸的大尾巴不断地扫来扫去。"哎呀,你这讨厌的尾巴别老在我脑袋上晃悠!"灰狼不满地嘟囔着,"本来就心烦,你还在这儿添乱。咱们得商量商量后天的比赛怎么打,我觉得咱们的实力还是在猛虎队之下。"

"昨天在家休息了一天,我家那位就和我唠叨了一天,说什么镇里为你们的决赛都动员起来了,一切为你们服务。听得我心里更堵了,本来就有点儿紧张,这下更睡不好觉了。我还冲她发了火,现在想想真是不应该。"猞猁爸不断地搓着爪子说。

"这算什么呀!我昨天中午在家睡觉,做梦对方射门,鲍比牛挡出去了,可对方又补了一杆,眼看球就要进了,我一着急就想用冰刀把球挡出去,结果'咣当'一声,把床板都踹歪了。"马尔丹说。

"你那是什么床啊？一定贪便宜，从外镇子买的，肯定不是咱们熊镇木材加工厂做的。"八顿不屑地说。

大伙儿你一句我一嘴说着自己的心情，好像这样就能缓解紧张情绪似的。看来两个月前那场单节比赛的结果，对刀锋队还是有很大的影响。

这时，装备室的门开了一道缝，两个毛头探了进来。驯鹿一把把门拉开，"快进来，别探头探脑的，你们两个小家伙。"

"还有我呢。"弗雷迪和太戈进门后，猪宝宝皮朋也跟着进来了。

"你们三个怎么不去学校？"虎爸先风一边在球杆上缠着胶带，一边问道。

"今天下午学校放假了，我们也没什么事，就过来看看能不能帮上什么忙。"虎宝说。

"你们仨就站在屋子当中,给我们唱首歌,解解压,怎么样？"大家听了，哈哈笑着盯着三个小家伙。

三个小家伙对视了一下，太戈凑过来对弗雷迪和猪宝说了几句，他们俩点点头。屋子里的大个儿猛兽们一看他们真要表演，一下来了劲头，吹着口哨鼓着掌，外加敲打冰球杆，屋子里一下沸腾了起来。

　　弗雷迪、虎宝太戈、猪宝皮朋站在屋子中央，刚要开口，猪宝忽然想起了什么："等一下，咱们得穿上球衣才行。"

　　"对呀，这样才带劲儿！"大伙儿应和着。

　　驯鹿挑了三件最小号的刀锋队队服递给他们，三个小家伙套上后重新站回屋子中央，太戈起头，他们唱了一首英文歌：

Hello out there, we're on the air, it's "hockey night" tonight
Tension grows, the whistle blows, and the puck goes down the ice
The goalie jumps, and the players bump, and the fans all go insane
Someone roars, "Bobby scores!" at the good old hockey game

Oh, the good old hockey game, is the best game you can name
And the best game you can name, is the good old hockey game

Where players dash, with skates a-flash,
The home team trails behind
But they grab the puck, and go bursting up,
And they're down across the line
They storm the crease, like bumble bees!
They travel like a burning flame
We see them slide, the puck inside, it's a one-one hockey game

Oh, the good old hockey game, is the best game you can name
And the best game you can name, is the good old hockey game

Take me where, the hockey players, face off down the rink
And the Stanley Cup is all filled up, for the champs who win the drink
Now the final flick, of a hockey stick, and one gigantic scream
"The puck is in! The Blades win!" the good old hockey game

Oh, the good old hockey game, is the best game you can name
And the best game you can name, is the good old hockey game

《冰球之歌》歌词大意
哈喽,伙计们!直播开始了,今晚是"冰球之夜"。
紧张的气氛在聚集,哨声响起,冰球落下,比赛开始。
门将左接右挡,球员激烈冲撞,球迷为之疯狂!
有人吼道:"鲍比得分了!"在这带劲儿的冰球比赛中。

哦,美好的冰球赛,是你见过的最棒比赛!
嗯,你所见过的最棒比赛就是这美好的冰球赛!

哪里有球员奋力拼抢,哪里就冰刀凛凛闪耀。
主队落后,

但他们抢回球权，瞬间爆发。
他们越过中线，
对球门狂轰滥炸，活像飞舞的黄蜂！
他们迅捷勇猛，好像燃烧的火焰。
看哪，他们滑行，冰球进网，主队扳平比分！

哦，美好的冰球赛，是你见过的最棒比赛！
嗯，你所见过的最棒比赛就是这美好的冰球赛！

哦，带我到球场去，到那球员开球的地方，
斯坦利杯已经注满香槟，静候冠军痛饮。
最后时刻球杆轻轻一弹，全场爆发山呼海啸！
"球进了！主队赢了！"这美好的冰球赛！

哦，美好的冰球赛，是你见过的最棒比赛！
嗯，你所见过的最棒比赛就是这美好的冰球赛！

三个小伙伴唱完后，转着圈向屋子里的动物们鞠躬致意。大家又用冰球杆戳着地板，口哨声和喝彩声要把房顶掀翻了。

"哎呀，唱得太好了，就是我听不太懂，是英文的。"老狼用爪子摸着三个小家伙的肩膀说。

"这是加拿大民谣歌手汤姆·康纳斯（Stompin' Tom Connors）创作的《冰球之歌》，大家都习惯叫它 The Good Old Hockey Game。"弗雷迪说。

"这是我们不久前刚刚在学校英语课上学的，老师说现在正在进行冰球联赛，就教了我们一首英文冰球歌。"

"你们老师还真不错！"

"我们老师说了,这首歌可以唱给咱们熊镇刀锋冰球队,激励他们不畏强手,勇敢拼搏,最后的胜利一定是我们熊镇的,冠军是熊镇刀锋队!"

"这首歌唱的是三节比赛,主队从落后到扳平再到最后胜利的故事。"皮朋补充道。

"听到了吗?兄弟们!咱们熊镇不论老幼都这么支持咱们,咱们还有什么可怕的,拿出咱们的牛劲儿、虎威、豹子胆……"

"打出咱们的熊样儿!"不知是谁冒出这么一句,屋子里爆发出哄堂大笑。

"没雄(熊)心什么熊样儿也打不出!"八顿气哼哼地来了一句。

虎爸先风笑着从椅子上站起来,他狠狠地锤了一下八顿,对大家说:"好了,到时间了,咱们去会议室听教练给咱们讲解对付猛虎队的战术吧。"

大家纷纷站起身,拉开房门,向会议室走去。

23

再一次尝到了下马威

刀锋队更衣室里挤满了熊镇的动物，大家都挤在入口处和非运动员座位处。熊镇长也在其中，不过他这次还有点儿自知之明，没好意思站在房间中央。刀锋队的队员们呈"U"字形坐在自己的更衣柜前，全副武装，双掌握着球杆，头盔放在一边，面色冷峻地望着房间中央的奥金。

"决赛就一场，没有机会给我们弥补错误。两个多月前的0：10，我和教练组怕大家背上心理包袱，有意回避不提。但现在你们表现出来的斗志，让我觉得我们就是要记住这个0：10，它是我们今天的动力。"他回身看了一眼熊镇的动物，接着说，"今天是展示我们刀锋队实力的时候，为了他们！"奥金用熊掌指了一下站在门口的动物们，"为了熊镇两个月来的付出。刀锋队的冰刀要从谁的身体上踏过？"

"猛虎队！"队员们爆发出震耳欲聋的怒吼。

"好！下午我们已经反复推演强调了战术，按照战术纪律去做，集中你们的精力，每一秒钟都不能放松！去战斗吧，刀锋队的战士们！"

大家唰地一下从座位上站起来,在房间中央围成一个圈,队长虎爸先风带头喊道:"刀锋!"

"必胜!必胜!必胜!"队员们齐声大喊,接着从房门鱼贯而出,向场上队员席走去。

"太戈,我的腿今天怎么有点儿抖啊?"弗雷迪在场边玻璃挡板外对虎宝说。

"你太紧张了,比赛还没有开始呢,我就不紧张。"太戈说。

"不紧张?你的耳朵怎么总是不自觉地抖啊?"猪宝皮朋用前蹄碰了一下太戈的耳朵。

"别碰我,谁紧张了!"太戈有点儿恼怒地一把把猪宝的蹄子挡开。

三个小伙伴就这样在决赛前令人窒息的气氛里调整着自己的情绪。

刀锋队和猛虎队的吉祥物挥舞着各自球队的大旗在场上滑行着,这时,场上的灯光暗了下来,激昂的音乐响起,两束聚光灯照在刀锋和猛虎队的队员席上。

音乐渐渐平息,现场传出广播员夸张又高亢的声音,他播报着双方队员的名字,每叫到一个名字,就会有一名队员从挡板后冲到冰面上,快速滑到场地中央,一个急停面向中圈站好。

"叫到我虎爸了!"太戈兴奋地拍打着玻璃挡板。

"也叫到我熊爸了!"弗雷迪蹦着高喊道,"加油啊!老爸!"

双方队员整齐地面对面站在场地中央,挥动球杆敲击着冰面向对方致意。然后向自己的半场散去,各自形成一个大圈绕着球门快速滑行,然后他们围成一圈呼喊着球队的口号,最后五名球员加上守门员留在场上,其他队员回到运动员席。

野狼裁判在中圈站定,虎爸先风和猛虎队的棕熊站在争球点上。野狼高高抬起左臂,右爪握着冰球,然后快速把冰球向冰面上掷下,随着两根球杆发出清脆的碰撞声,决赛开始了。

八顿在先风身后拿到球,倒滑了两下,两名猛虎队队员从左右两边向他冲来。八顿瞅准空当向从左前方插上来的猞猁笑面侠传球,接着和虎爸一起一个在右边,一个在中间向对方蓝线冲去。

刚过蓝线,猞猁在左侧底线把球回传给先风,猛虎队棕熊一伸球杆把球拦下,接着快速转身滑行,闪过先风冲入刀锋队的半场,灰狼在他前面倒滑堵截。棕熊快速滑到蓝线外稍稍减速,然后球杆一挑,只见冰球在空中划出了一条大大的弧线,慢悠悠地落在了刀锋队守门员鲍比牛跟前。

弗雷迪还没看清怎么回事,全场忽然爆发出欢呼声,猛虎队队员拥抱在一起。 ▶▶

"怎么回事啊?球怎么进去了,他们就是一个挑球啊!"三个小伙伴一时摸不着头脑,"怎么和第一次比赛一样,又是第一次射门就进球了。"

场上的鲍比牛可沮丧了,他当时看着冰球忽悠着飞过来落在身前的冰面上,本想用手套按住这个难度一点儿也不高的挑球,没想到冰球砸到冰面上的瞬间忽然神奇地改变了方向,从他的腋下穿过,慢悠悠地滑进了球门。

"看来咱们还得灌他们10∶0,不,是30∶0,因为上次可是一节比赛,哈哈哈……"猛虎队的队员们互相拥抱着大笑。

"大家别泄气!"刀锋队队长虎爸先风招呼着大家,"这只是个意外,鲍比牛,打起精神!没关系,我们替你把丢的球抢回来!"

"加油！大家打起精神，记住教练的话，一秒钟也不能放松。"八顿使劲儿用球杆敲打着冰面喊道。

"鲍比牛，要是在平时，我早捶你了，可是今天，这真不是你的责任，别担心，我会为你堵枪眼的。"灰狼拍着鲍比牛的肩膀安慰他。

刀锋队队员重新站好位置，随着裁判手中的冰球落在冰面上，比赛重新开始。双方队员不断变换着攻守，每队的四组队员轮番上阵，但多数时间猛虎队压制住了刀锋队的气势。五分钟过后，熊镇刀锋队逐渐适应了决赛的紧张气氛，他们开始组织起像模像样的配合，尤其是先风和八顿所在的一组和黑狼奈特、雪豹亮银所在的三组，打得分外出色。

第一节比赛还差十五秒结束，双方在猛虎队球门前左侧争球点争球。场上的音乐刚一停止，雪狐裁判马上把冰球扔到冰面上，雪豹亮银迅速一拨，球到了狗熊马尔丹杆下，他看了一眼门前，三名猛虎队队员虎视眈眈，另一名队员向他冲过来。他倒滑了两步，挥杆把球拨向场地左侧蓝线上的黑狼奈特，黑狼上前两步，挥杆就是一个大力击射，只听见"当"的一声，冰球像子弹一样正正地打在了球门立柱上，猛虎队守门员抬起的右臂停在空中。亮银紧滑两步触到冰球，他一个挑射，想把球穿过守门员的腋下送入网内。猛虎队守门员也不是吃素的，他一个下跪，护腿紧紧地贴着冰面，拿球杆的右臂向身体收紧，就把球挡在身前的冰面上，然后左掌迅速下压，把球死死按在冰面上。

随着一声报时钟声，第一节比赛结束，场上比分0∶1，猛虎队领先。

24

硬碰硬的终极对决

"他们还想打我们一节 10∶0,结果差点儿让我们扳平,我觉得咱们打得很棒,尤其是在开局就丢球的不利形势下。"队长虎爸先风走进球员休息室后说。

教练奥金站在休息室中央,他拍拍熊掌,环顾了一下队员,"我为你们的表现感到自豪!记住我们两个月来的拼死训练,记住一条铁的纪律,保证你们的注意力每一秒、百分之百都在比赛中,不能有丝毫的懈怠。猛虎队三组后卫容易冲动,我们要利用这一点,创造'多打少'的机会。大家注意,把自己的尾巴管好,别因为它犯规,那样对我们很不利!"

奥金刚刚停顿了一下，就听见门口传来一声咳嗽。大家扭头一看，熊镇长德尚正半捂着嘴眼神期待地看着奥金。奥金嘴角微微一撇，对熊镇长说："德尚镇长，现在是节间休息，我必须布置战术，时间太宝贵，您想发言的话，比赛结束后的时间都是您的。"

队员们不满地用球杆戳着地板，发出咚咚的声响。熊镇长尴尬地把熊掌放下，向奥金做了个请的手势。

十分钟后，刀锋队一组队员重新站在了冰面上，他们的眼神里已经没有了怀疑和不安，只有坚定和信念，那是必胜的信念！

"第二节比赛一开始可要顶住啊，别再丢球了！"弗雷迪忧心忡忡地说。

"那是个意外，还能每节都发生？"猪宝宝皮朋乐观地说，"没准儿这节的运气在咱们这边呢。"

正说着，猛虎队前锋花斑豹带球从左侧通过蓝线快速前进，刀锋队的灰狼从门前争球点冲过来阻截，豹子把球顺着板墙向底板一拨，自己想从灰狼和板墙之间穿过。灰狼可不是好惹的，他把屁股一扭背对着板墙，和豹子来了个结结实实的对撞。板墙上的玻璃剧烈地摇晃着，发出巨大的响声，玻璃后面的弗雷迪、太戈和皮朋吓得一下倒退了好几步，皮朋干脆就坐在了地上，旁边的吉祥物扭着身躯走过来把他扶起，冲看台上做着夸张的动作，惹出阵阵笑声。

三个小伙伴不好意思地重新趴在板墙上看比赛。时间一分一秒地流逝，场上的队员不断地换组、拼抢、射门、防守，但比分一直保持在 1∶0。

第二节比赛进行到后半段，刀锋队把球直接传到对方半场，双方利用这个机会换组，刀锋队三组上场了，对方恰好也是三组。雪豹亮银和黑狼奈特交换了一下眼色，他们一个交叉换位，向对方半场冲去。

　　猛虎队棕熊在球门后拿球，他见刀锋队队员通过了中线，就把球传向右侧的老虎，老虎没有停球，直接一杆传给了左侧中区的花斑豹。花斑豹刚接到球，刀锋队的黑狼就冲过来，伸出球杆来抢。花斑豹把球轻轻一挑，越过了黑狼奈特的球杆，自己从另一侧躲过黑狼的阻挡，狼、球分过。他接住球刚想向前滑，雪豹亮银就赶到了，两只豹子发生了正面对决。

　　球杆清脆地撞击在一起，冰球向猛虎队半场滑去。亮银从花斑豹身边闪过，感觉右肩膀被狠狠地撞了一下，身体一下向右转同时向外倒去，但他努力控制着身体，毛茸茸的大尾巴顺势在冰面上一撑，身体没有倒下，球杆顺势钩住球，右腿向前带动身体转过来，迅速调整身体向前冲去。就在这时，他的头盔面罩被一个毛茸茸的东西狠狠地抽打了一下，眼睛被细密的硬毛扎得生疼。他大叫一声，丢掉球杆，双掌捂着脸倒在了冰面上。

"嘟……"裁判高举前臂吹响了哨子，猛虎队花斑豹用尾巴扫对方面部，不当得利，小罚出场两分钟。

场外的弗雷迪、太戈和皮朋拳头握得紧紧的，这可是个"多打少"的好机会呀。

场上所有队员都在猛虎队的守区里，那只花斑豹在受罚席抱着球杆垂着头，大尾巴还在不安分地摆动着。

裁判把球扔到冰面上，又是马尔丹在亮银争球后得到控球权，他在蓝线上横传给黑狼奈特，两只动物在蓝线附近不断传球，同时观察着球门前的动静。雪豹亮银在球门前中间，左侧是老狼五福，右侧是雪狐大白。由于猛虎队少了一名受罚队员，其余四名队员全部退回在本方球门前防守，他们采用一对一盯防战术，死死看住球门前的刀锋队队员。

老狼五福这时突然向蓝线滑去，黑狼奈特心领神会把球直传给他。猛虎队防守队员紧紧跟上，五福并没有停球，直接斜传给了马尔丹，马尔丹假装要直传给球门前右侧的大白，吸引对方过来，接着一个推杆球又传给左侧的奈特，这时五福突然转身向底线滑去，奈特把球通过挡板传给他，两名猛虎队队员跟上来想在底线堵截他。五福一个转身从正滑变成倒滑，手腕一抖，冰球贴着冰面向蓝线上的马尔丹滑去，马尔丹前方五米的地方已经没有对方队员，他接住球向前带了一步，挥杆大力击出一个高球直奔球门上角。猛虎队守门员抬起前臂将球挡出，大白看准落点冲过去一个回传，球又回到马尔丹杆下，他再次向球门挥杆，球直直地向球门左侧飞去，守门员张开手套准备接住，突然半空中伸出一根球杆，那是雪豹亮银突然出手，只听"当"的一声，冰球打在球杆上改变了方向，向斜下方滚落，然后穿过守门员的两个宽大的护腿，从两腿间滑进了球门。

亮银一只爪子高举着球杆向底板滑去，然后突然下蹲，另一只爪子握拳使劲挥动了几下，他太高兴了，他打进了刀锋队决赛的第一球，也是扳平比分的进球。马尔丹他们疯了一样把他撞在板墙上，不断拍打着他。观众席上爆发出欢呼声，弗雷迪、太戈和皮朋蹦着跳着拥抱着不知道该怎么表达高兴的心情。

五名队员排成一队滑向自己的队员席，与场下的队友一一击掌庆贺，此刻他们已经脱胎换骨了，他们似乎看到了以前想也不敢想的东西。

25

刀锋冠军

"太戈,还记得咱们在决赛前给他们唱的那首歌吗?"弗雷迪问。

"这才几天啊,当然记得了,怎么了?"

"那首歌里说主队一开始落后,后来扳平,最后一节反败为胜。我觉得这是个好兆头,我们唱的这首歌,给咱们刀锋队带来了好运气!"

"你这么一说,我更觉得咱们队能赢了。"猪宝皮朋一如既往地充满自信。

第三节比赛所剩时间不多了,场上的比分还是1∶1,奥金站在队员后面的教练席上,心里隐隐地有所期待,但更多的是不安。刀锋队没有决赛的经验,决赛又是一场定胜负,一秒钟的分神或者一个小小的失误,都可能被对方抓住机会进球。可反过来,刀锋队也能……奥金强迫自己不去胡思乱想,作为主教练,观察场上瞬息万变的形势,进行合理的分组调配,才是现在的关键所在。他还要注意队员们的情绪变化,要让他们的全部精力都集中在比赛中,别像自己刚才那样,冒出不必要的想法。

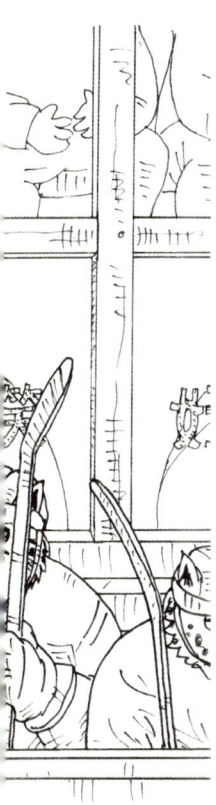

"大家注意动作的规范,避免不必要的犯规。集中你们百分之百的注意力在球和队员上,一秒钟也不能松懈。"奥金在教练席上来回走着,对坐着的队员喊着。

这时场上的争夺已经白热化,看台上的观众都激动地站了起来。由于体力消耗过大,场上换组的频率也多了不少,双方都想在最后时刻扛住对手的进攻,找机会给对方致命一击,结束比赛。

决赛到了最后一分钟,刀锋队三组在场上展开进攻,黑狼奈特在后场组织,他把球传给雪狐大白,五福从中间向右侧移动,接到大白的传球后利用板墙晃过了猛虎队的棕熊,之后一个斜传,球向门前的雪豹亮银飞去,亮银倚住一名猛虎队队员想接住来球,猛虎队队员毫不示弱,两只动物纠缠在一起,双双摔倒在冰面上,经过三节激烈对抗,他们已经筋疲力尽。球从他们的冰刀间滑过溜向了底板,猛虎队拿到球后在球门后观察情况。双方场上队员立刻奔向队员席换组,他们再也坚持不住了。

"一组上!"奥金发出了命令,在只有半分钟的情况下,他要派上进攻最强的一组,而不是防守最强的一组,因为此刻他心中的那个愿望是如此的强烈。

转瞬间刀锋队一组和三组已经换组完毕,猛虎队新上场的二组发起了进攻。他们通过熟练的交叉换位推进到刀锋队守区,棕熊晃过先风的阻挡,把球传给球门前四十五度角位置上的老虎,老虎毫不迟疑高高挥起球杆就是一个大力击射,只听"当"的一声,冰球打在球门横梁上又弹到了球门后。运动员席上的猛虎队队员以为球进了,全都站了起来,但刚刚举起准备欢呼的前臂又失望地放下了。

刀锋队的灰狼在门后得到球,此时距离比赛结束还有二十秒钟。他向左绕过球门,一个板墙传球,先风在中线把球接住,迅速向中间滑去。猛虎队队员上来阻截,先风一个横传,前插的猞猁笑面侠接球快速通过蓝线,中间的先风和右侧的八顿同时快速插上。猞猁看准时机向右侧传出一记斜传球,先风快速赶到,如果他拿到球就会直接面对守门员。球杆触球的一刹那,猛虎队的两名队员奋不顾身上前封堵,其中一名队员躺倒在冰面上封堵先风的射门方向。先风双爪一抖,杆头轻轻一挑,冰球越过对方的封堵,向右侧飞去,先风顺势跳起从对方身上飞了过去。

　　冰球在空中向猛虎队球门左侧飞去,守门员不再顾及正面的先风,右腿一蹬向球门左侧移动,他的腿距离球门立柱还有十厘米的时候,八顿距离冰球还有三米远,眼看冰球就要飞走了,八顿左腿用力一蹬,整个身体向前飞出,双掌握着球杆对着空中的冰球一个横扫,冰球贴着球门立柱和猛虎队守门员的护腿飞进了球门。

　　这一切发生得太快,当所有人都以为比赛将进入加时的时候,转瞬间一切都改变了!

八顿整个身体趴在冰面上向前滑去,他一弓身,膝盖接触冰面,一下站了起来,来不及刹车狠狠地撞在了球门后的挡板上,刀锋队四名场上队员快速冲过来高高跳起压在他身上。弗雷迪、太戈、皮朋还有刀锋队的队员、教练全都疯狂了!此时距离全场比赛结束还有十秒钟!

　　十秒钟,在冰球场上什么都可能发生,奥金叫了暂停,把大家招呼过来,布置场上的防守战术。

裁判再次把冰球砸在冰面上，先风再一次争下控球权，猛虎队队员全部压上疯狂地抢球，灰狼不慌不忙地看着空当把冰球向对方半场送出，冰球不紧不慢地向底线滑去，时间就这样一秒一秒地流逝，随着比赛计时钟的清脆一响，全场比赛结束，刀锋队胜利了，他们是冠军！

球员休息室里别提多热闹了，队员们摘下头盔和手套，其他装备还穿在身上，头上已经被起泡果子酒浇了个透湿。熊镇长德尚这下可有了发挥的机会，他不再顾及奥金，自己搓着熊掌在房间中央来回走着，和这个击一下掌，和那个摇晃一下肩膀。最后，他实在忍不住，抄起一根球杆，在地板上使劲儿戳了两下，清了清嗓子开始说话："今天我真是太高兴了，今天的胜利是咱们熊镇的胜利，是父老乡亲的胜利，是镇政府协调组织的胜利……"

"熊镇长，这下你得破费了！"老狼五福不怀好意地说。

"对对，你得给球队颁个大奖！"不知是谁跟着嚷嚷道。

"在你家办个大派对，全镇的动物都来参加，连着办七天！"

大家起着哄，把熊镇长的讲话给压了下去，他愤愤地说："哼，办七天就七天，以为我办不起吗？"

大家笑着把一瓶起泡果子酒倒在德尚的熊头上,他边大叫边躲。队员们这时像商量好了一样,一起上前把奥金抓住,先风、八顿和亮银分别举起一瓶起泡果子酒倒在了奥金的头上,大家笑着、叫着、唱着,更衣室的天花板都快被他们掀翻了。

"我们是冠军,我们是菜鸟!我们是菜鸟,但我们是冠军!"这声音冲破冰球馆的屋顶,向着群星闪亮的夜空传去,向着森林深处的熊镇传去……

26

熊镇的冬奥梦

奥金领着其他五只北极熊和全副武装的刀锋队队员，正在熊跑溪岸边的冰面上三三两两地接受记者的采访。

从一节比赛输十个球的超级菜鸟，到冰球联赛的冠军球队，这个事件成了熊跑溪上游地区媒体争相报道的题材，甚至惊动了2022年冬奥会举办地北京的媒体，他们也不远千里来到大森林深处的熊镇采访这支神奇的业余冰球队。

"老爸,咱们要是能去北京看看冬奥会就好了!"弗雷迪站在冰面上,仰头望着刚接受完采访的八顿。

"你以为我不想吗?可咱们人生地不熟的,再加上咱们也不富裕,奥运会时北京的酒店肯定特别贵,比赛门票也很贵,咱们又不是大富翁,哪儿去得起啊,恐怕只能在树洞里看看电视了。"八顿无奈地摇摇头说。弗雷迪失望地望着远处的森林,好像那边就是北京,就是冬奥会的举办地。

父子熊没想到,他们的对话被旁边的一架摄像机完整地拍了下来。

熊爸,镇长找你!

一周后,八顿和弗雷迪正在厨房做饭,忽然听到响亮的敲门声。弗雷迪跑去打开厚厚的木门,熊镇长德尚一步跨了进来:"小家伙,你爸爸在吗?"

"在,他在厨房做饭呢。"

"八顿,快出来。"德尚一边喊着,一边好奇地打量着父子熊的树洞客厅,虽然上次因为父子熊在路上救了一只驼鹿,他带着电视台记者来过,但他的小眼睛还是不由自主地到处看。

弗雷迪还没反应过来,又从门外进来四只动物,一只梅花鹿拿着话筒,一头野牛扛着摄像机,还有两只山羊驮着装备。弗雷迪心想,怎么每次熊镇长来都是带着记者。

八顿从厨房树洞出来,诧异地看着这几个家伙:"呃,这是?哦,请坐请坐。"

熊镇长一屁股坐在沙发上,拍了拍扶手,让八顿坐在旁边,对八顿说:"一周前你们父子俩是不是接受采访,表达了2022年想去北京看冬奥会比赛的愿望,又说因为费用高去不了?"

"嗯?我们是接受了采访,但是采访过程中没这么说,是采访以后我们自己聊天时说的。"八顿疑惑地望着德尚。

德尚一拍自己的大腿,瞪着小眼睛说:"反正你们的话全被录下来了,你猜怎么着,昨天晚上电话打到咱们熊镇镇政府了,说北京的记者已经到熊镇了,你们这事儿可闹大了!"

"啊!"八顿一听,吓得熊掌攥成了拳头,弗雷迪紧紧抓着八顿屁股上的熊毛,"我们只是随便说说,并没有夸大其词,说的都是我们树洞的真实情况,没钱就是没钱,我们可没想给咱们熊镇抹黑呀!有采访录像可以让他们调出来看。"

"哎呀,你这只熊真够笨的,要不怎么说是笨狗熊呢。"熊镇长刚说完,就看到梅花鹿忍不住笑起来,才知道自己说走了嘴,说谁也不能说熊啊,本镇长就是熊。

他盯着八顿,把熊头凑过去,八顿头向后仰着,避免和德尚的熊头碰上,眼睛却盯着他,一点儿也没退缩。

"知道他们打电话来干吗吗?"

八顿摇了摇头,紧闭着嘴巴一声不吭,眉头拧成了一团麻花。弗雷迪站在八顿身后说:"老爸,咱们确实没那么多钱去北京看冬奥会呀!"

"你们呀,不愧是父子熊。不跟你们兜圈子了,我告诉你们吧,是邀请咱们熊镇冰球队全体教练、队员和家属,在 2022 年冬奥会的时候,去北京看比赛!我作为镇长,自然要带团前往了。"

"啊!真的吗?"弗雷迪听了,一下从沙发后面绕到了前面。这时,梅花鹿恰到好处地把话筒举到了他的跟前,野牛扛着摄像机,认真地录像。两只山羊在旁边配合野牛整理甩在地板上的电线。

"这位小熊,你听到这个消息有什么感想啊?"

"我叫弗雷迪,我……我都不敢相信这是真的,太意外了!北京是个伟大的城市,它一点儿也没有忘记我们这些偏僻大森林里的动物,我太高兴了,我要是能去北京看冬奥会,我一定好好学习,再也不用我老爸督促了。"

八顿也坐直了身子,使劲儿眨了几下眼,鼻子抽动了一下,接着两只熊掌捂着眼睛埋下了熊头。梅花鹿一看,职业的敏感让她迅速把话筒从弗雷迪嘴边移到八顿跟前,她望了一眼德尚说:"这位熊先生叫……?"

"他叫八顿,一天吃八顿饭的八顿,是熊镇刀锋冰球队的主力,决赛时打进了制胜球。"熊镇长介绍着,不忘对着摄像机摆着姿势。

"八顿先生,看你这么激动,忍不住掉下了热泪,请你说说现在的感受吧。"

八顿用熊掌抹了一把眼睛,抬起头来对熊镇长说:"你早上吃的什么呀?嘴里的味儿那么冲,熏得我直掉眼泪。"

梅花鹿、野牛摄像师都呆住了,不知说什么好。熊镇长吃了一惊,但他马上恢复了常态,对八顿说:"昨晚我得到这个消息非常高兴,早上特意吃的咱们熊镇的特产:臭豆腐腌大马哈鱼,外加大饼卷大葱。"

"太戈、皮朋、林克,你们都来啦!"

梅花鹿和野牛摄像师睁大眼睛盯着八顿和德尚,忽然他们同时爆发出一阵大笑。动物们哄笑着说:"冬奥会去北京的时候,咱们就带着熊镇的各种特产,让北京的动物也尝尝,哈哈哈……"

"咚咚咚……"树洞的木板子门传来急促又沉重的敲门声。弗雷迪一面应和着一面跑过去,他刚把门栓拉开,呼啦啦拥进来一大群动物,虎爸先风父子、亮银和灰球、猪宝宝、猞猁爸……原来是冰球队的队员、家属和熊镇的其他动物。弗雷迪挤出树洞的门,发现平台上也站满了动物,树洞下的草地上还有好多动物一边聊着一边向上张望。

"我们都知道这个消息了,八顿,你一天八顿饭没白吃,为我们争取到了去北京看2022冬奥会的机会,我们决定在三流酒馆请你吃八顿饭。"虎爸先风装出一本正经的样子说,大家哄堂大笑。

"我可是把我们父子熊的名声都搭进去了,全世界的动物现在都知道我们生活不富裕,没有那么多钱去北京看 2022 冬奥会了。"八顿用熊掌捶了一下先风的肩膀。

鲍比牛抢过话来,"我们刀锋队刚开始也是超级菜鸟,但我们通过努力,通过刻苦训练,最终夺得了冠军。"

"我们熊镇在大山里,这里有熊跑溪和大森林,我们爱我们的环境,我们不贪婪,我们过着简单但快乐的生活,我们熊镇的动物从来没想通过过度攫取资源过上所谓的富日子,我们为自己的选择而自豪。"

"说得好,我觉得我们就是要带着这样的精神去北京看 2022 冬奥会,爱护我们的环境。据说北京节俭办奥运,这和我们的生活方式多一致啊,我们熊镇的动物一点儿也不丢人,反倒应该特别自豪!"

梅花鹿和她的助手这下可忙坏了,他们在树洞里捕捉着每一句平凡但又充满智慧的话语,捕捉着每一个开心而又善良的表情,来自北京的记者感受着熊镇的奥运氛围,感受着熊镇的奥运梦,这梦是那么美好,那么纯真。当北京的动物 2022 年在街上、在赛场上遇到一群从熊镇来的动物时,请给他们鼓掌,他们身处偏远的山林,但对奥运梦的理解一点儿也不逊色,甚至更深刻。

熊镇加油!
北京加油!
2022 年冬奥会见!

后记

2022冬奥会即将在我们的家乡北京举办，用什么方式为这场盛会做一点儿自己的贡献呢？

如果把《熊镇的故事：八顿和弗雷迪》第四册和冬奥会结合起来，会不会是一个有趣的方式？

生在北京、长在北京，受环境影响，我们从小就是冰雪运动爱好者。小时候坐冰车、打雪仗，上学后学滑冰，成年后学滑雪。冰雪运动总能带给我们纯洁、优美的美好感受。所有这些项目中，冰球是我们最喜欢的，因为它代表着迅捷、勇猛、高超的技巧以及拼搏的团队精神。无论是电视里转播的，还是在北京举办的世界顶级冰球比赛，都是我们必看的内容。此外，石燕学闲暇时还会和一群伙伴打打冰球，可以说对冰球运动有比较深入的了解和体会。

正是因为和普通朋友的冰球交往，让我们体会到这项运动带给人们的快乐。体育不仅仅让人有健康的体魄，更可以塑造人的品格，培养团队精神和荣誉感，影响人们对待挫折和胜利的态度。

教育家梅贻琦曾说过这样一段话："体育主旨，不在练成粗腕壮腿，重在团体道德的培养。我国古重六艺，其中射、御二者，即习劳作、练体气、修养进德。后人讲究明心见性，对劳作上不甚留意。是以国势寝弱，吾们在今日提倡体育，不仅在操练个人的身体，更要借此养成团队合作的精神。吾们要借团体运动的机会，去练习舍己从人、因公忘私的习惯。"这段话精准地概括了体育在人们生活中的三重作用：强健体魄，有尊严、懂得体面生活的同时，修炼人的品性。

冰场上生龙活虎的伙伴们，来自天南地北，职业不同，社会地位迥异。但不论是脚穿上万元一双的冰鞋，还是足蹬十几年不换的冰刀；不论手握碳素球杆，还是头戴最便宜的头盔；在冰场上，没有人在意这些，大家只是尽情享受着这项运动带给自己的快乐。

憧憬着2022年北京冬奥会盛况的同时，我们有一股冲动，想把身边普通人对冰雪运动的热爱，对生活的热爱，通过《熊镇的故事》这样一个虚拟世界展现出来。

《熊镇的故事：八顿和弗雷迪》系列插画故事书此前已经出版了三册，如果前两册有趣的小故事合集代表春夏的生机，第三册父子熊游历中国最美古建筑代表金秋的累累果实，那就让第四册代表不平凡的冬季吧。冬季并不萧瑟，同样充满生机和斗志。纯粹、自然的体育精神就像随风飘起的雪花和冰沫，拂过每个人的心灵，唤醒人们投身运动、拥抱生活的热情。

我们期待不断开拓新的题材，通过父子熊的视角，反映我们伟大时代普通人的生活，以及他们的喜怒哀乐和奋进追求。

在此，感谢著名冰球媒体人何欢先生为本书作序推荐。何欢先生用充满激情、风趣幽默的文字为本书画龙点睛。感谢"中国滑雪先驱"单兆鉴先生的点评推荐，他是中国第一位全国滑雪冠军，曾任中国滑雪协会秘书长、国家体育总局滑雪处处长，曾获国际滑雪历史学会最高奖项"终身成就奖"。

愿越来越多的人走上冰场、雪场,体会冰雪运动的无穷魅力。2022年北京冬奥会,让我们带上这本小蓝书,和熊镇的动物们一起看奥运吧!

二〇二一年七月于顽罴书斋

备注:为使画面有更好的呈现,本书插画中的冰球装备有一定取舍,例如,未画头盔的面罩等。

作者石燕学在业余时间打冰球

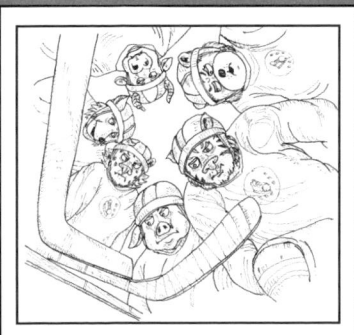

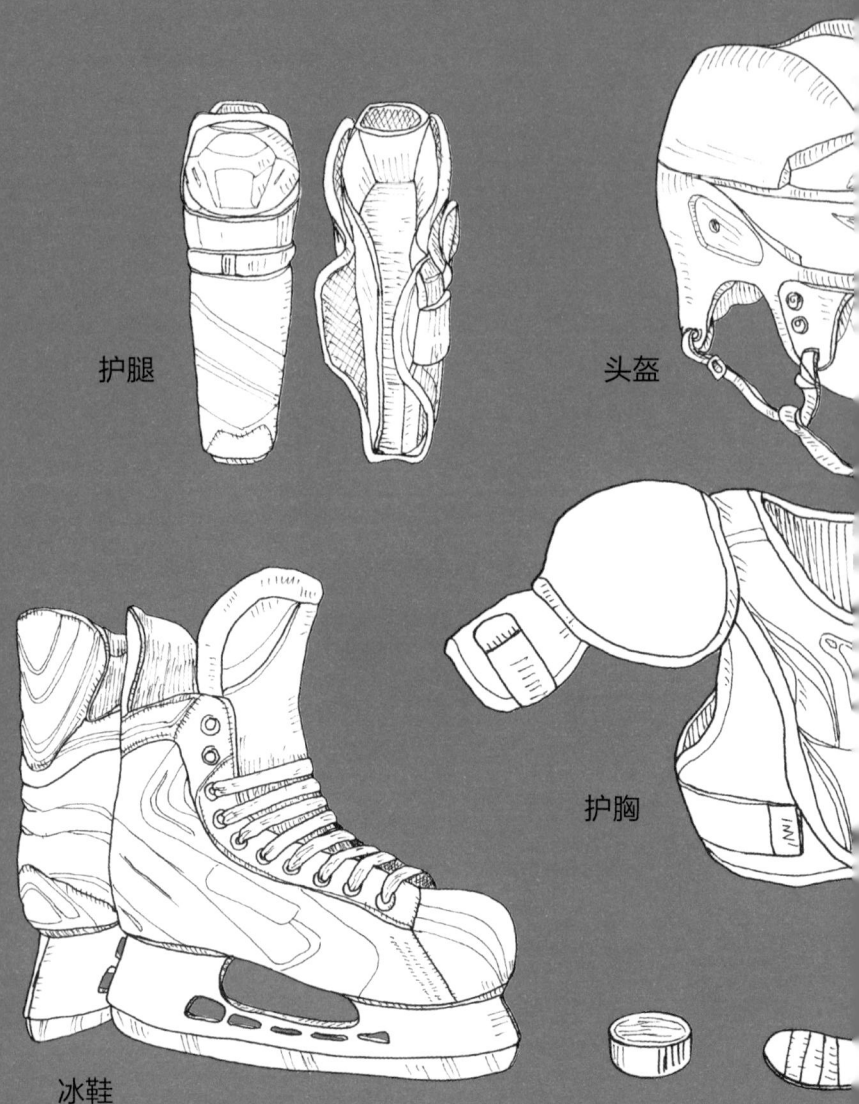

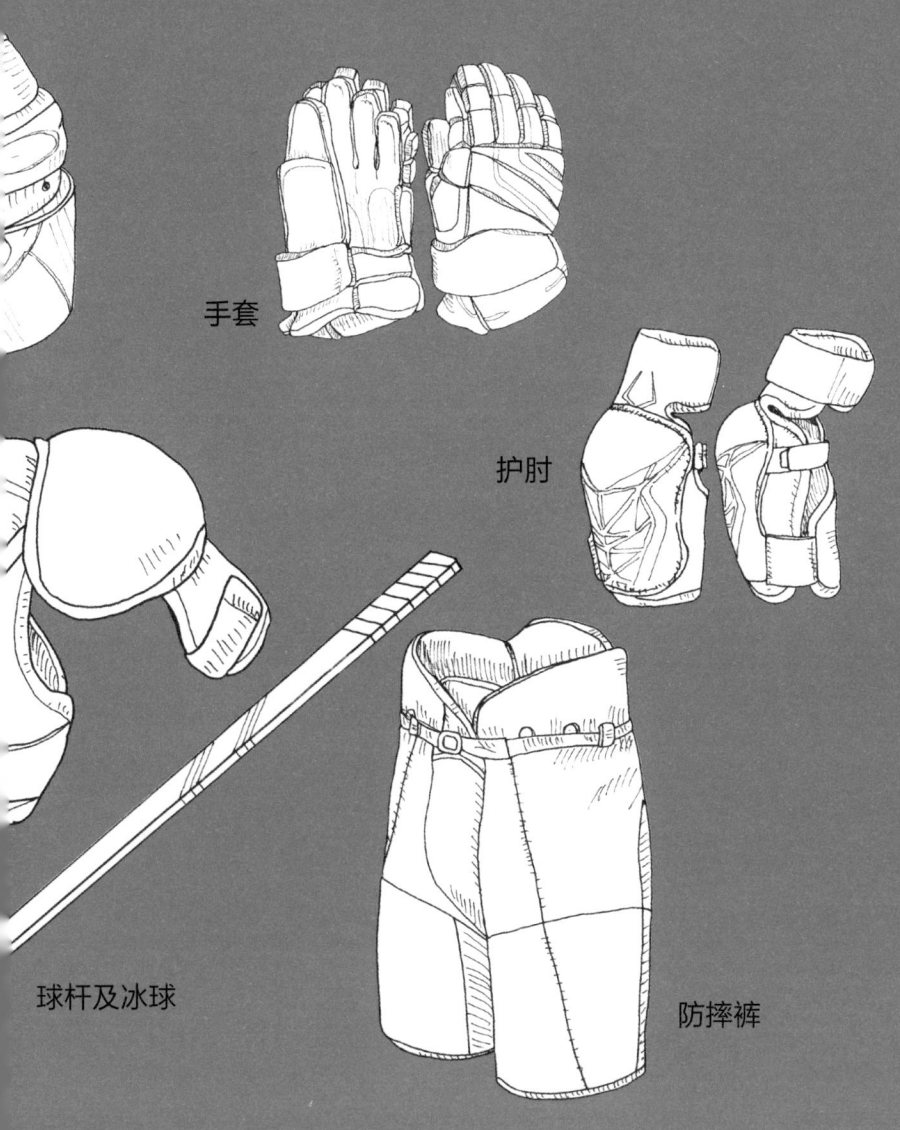

作者简介

石燕学

本书故事写手，北京人。资深建筑师，曾主持完成了"马拉维国家体育场"等大型设计项目。喜爱各种体育运动，尤其喜欢打冰球。广泛的兴趣爱好，丰富的经历及对创作的喜爱，让作者把所见、所感巧妙地融入《熊镇的故事》系列创作中。

王立昕

本书插画作者，北京人。曾作为建筑师在国内外工作，对插画和动物的热爱，最终使她全身心投入到《熊镇的故事》系列创作中，用心中的爱去描绘熊镇里可爱的动物，讲述它们有趣的故事。